僕を
成り上がらせ
ようとする
最強
女師匠
たちが
育成方針
を
巡って
修羅場《しゅらば》
Boku wo nariagaraseyou to suru
saikyou-onna-sisho tachi
ga ikusei-houshin wo megutte
SYURABA

NAME
ギムレット

[SCENE]
アラカルト派
NAME
クロス
NAME
リラ
NAME
ジゼル

NAME
セラス

「ふふ、それじゃぁボクが少年のはじめての相手というわけだね」
「ちょ、ちょっとなんか言い方がおかしくないですか……!?」

「どうやらずいぶんと躾のなってねぇゴミクズらしいな……！」
NAME
リオーネ

NAME
リッチー

CONTENTS

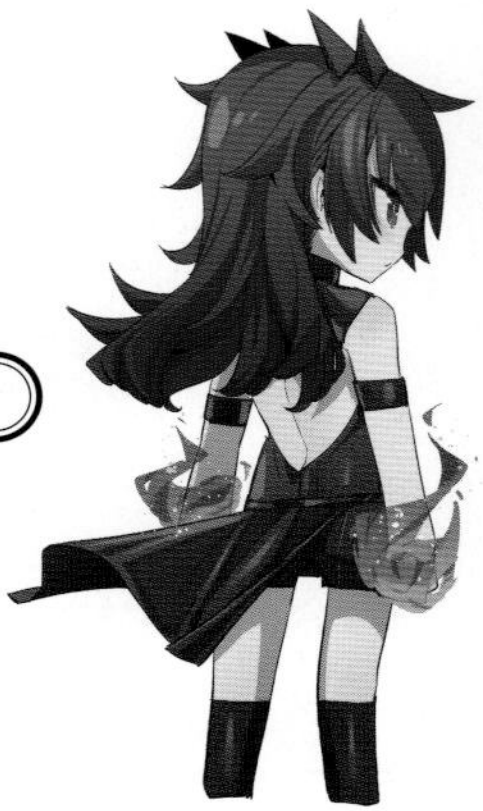

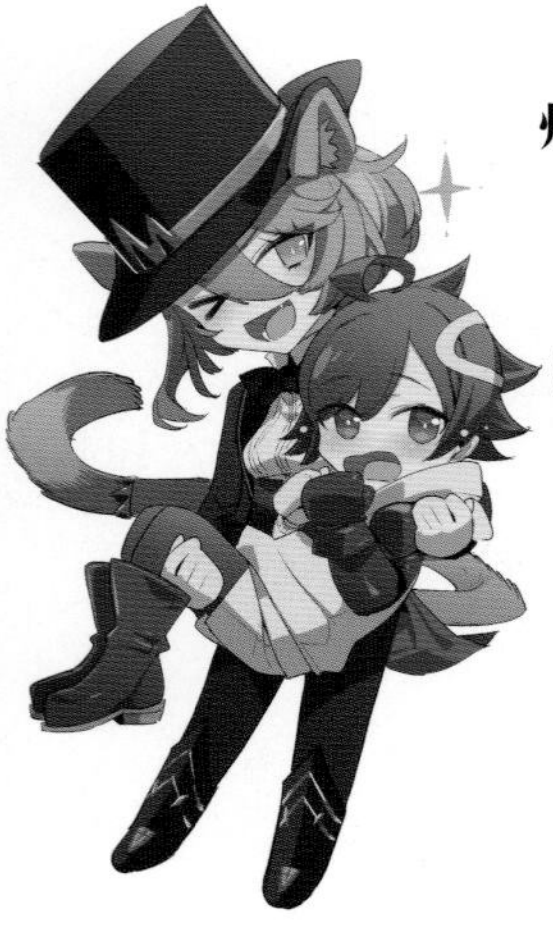

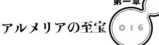

CHARACTERS

NAME クロス・アラカルト

冒険者に憧れる少年。
師匠たちの修行のお陰で夢に近づく。

NAME リオーネ・バーンエッジ

世界に９人しかいないS級冒険者の１人。
世界最強種の一角《龍神族《ドラゴニア》》で
近接戦闘に長けている。

NAME リュドミラ・ヘィルストーム

世界に９人しかいないS級冒険者の１人。
世界最強種の一角《ハイエルフ》で、
様々な魔法属性に精通している。

NAME テロメア・クレイブラッド

世界に９人しかいないS級冒険者の１人。
世界最強種の一角《最上位不死族《ノーライフキング》》で、
様々な嫌がらせスキルと回復魔法に長けている。

NAME セラス・フォスキーア

頂点職〈大怪盗《ファントムシーフ》〉に至った猫獣人。
変身、透過など隠密系スキルの達人。

NAME エリシア・ラファガリオン

勇者の末裔。
歴代最高の天才と称されるサラブレッド。

NAME ジゼル・ストリング

冒険者学校付属の孤児組のリーダー格。
不器用な優しさがあり、人望は厚い。

NAME ギムレット・ウォルドレア

決闘でクロスに敗れ、忠誠を誓った上位貴族の長男。

HIROTAKA AKAGI PRESENTS

僕を成り上がらせようとする最強女師匠たちが育成方針を巡って修羅場《しゅらば》 Vol.5

赤城大空
［イラスト］タジマ粒子

Boku wo nariagaraseyou to suru saikyou-onna-sisho tachi ga Ikusei-houshin wo megutte SYURABA

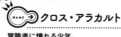

プロローグ　予告状

世界最高峰の冒険者学校を擁する冒険者の聖地バスクルビア。

その街の領主にして冒険者学校の長でもあるサリエラ・クックジョーの学長室にはいま、一人の少女が来訪していた。

エリシア・ラファガリオン。

かつて世界を滅ぼしかけた最悪の魔王——魔神を打ち倒した勇者の末裔《まつえい》だ。

「……では次の式典についてはそのようにお願いします、サリエラ学長」

「ああ、何度も時間をとらせてすまなかった。当日はよろしく頼む」

用件を終えて軽く頭を下げるエリシアに、サリエラも手をあげて応じる。

それと同時、サリエラは改めて目の前の少女に見惚《みと》れるように息を漏らしていた。

相変わらず、磨き抜かれた宝剣のような少女だ。

それはなにも、芸術品がごときその容姿だけを指しての評価ではない。

積んできた修練と実力が垣間見える立ち振る舞いに、鍛え抜かれた魂の輝き。

一切の隙《すき》を感じさせない瞳《ひとみ》は超えてきた修羅場の数を物語っており、白銀の髪も相まってその身はまさに一振りの剣《つるぎ》のようだ。

だがそうして冒険者としての完成度に感嘆すると同時、サリエラは眼前の少女に以前とは違う雰囲気も感じとっていた。

（わずかではあるが、やはりこの街に来た当初に比べて纏《まと》う空気が和らいでいるように見えるな……）

ほんの二、三か月前の少女は磨き抜かれた宝剣どころか抜き身の刃と形容したくなるほどの冷たさで。こちらの言葉をすべて跳ね除《の》けるような雰囲気にサリエラも随分と面食らったものだった。

正確にはいまもその印象が大きく変わったわけではないのだが……それでもやはり少女の表情に時折柔らかいものが見え隠れするようになっているのは確かだった。

理由はわからないが、なにか心境の変化やいい出会いがあったのだろう。

それもあり、サリエラは雑談がてら少しだけ言葉を続けてみる。

「そういえば、エリシア殿はなにか困っていることはないか？」

「？　困っていること……ですか？」

「勇者の末裔が代々バスクルビアに滞在するのは将来の伴侶《はんりょ》探しだけが目的ではなく、修行の仕上げのためとも聞く。この機会に伸ばしておきたいスキルや戦闘技術もあるだろう。この街に来てしばらくは式典や挨拶《あいさつ》回りにかかりきりだっただろうがそれもじき落ち着く。言ってくれればスキルの鍛錬に最適な講師を紹介するし、人目につかない頑丈な修練場も追加で提供したりもできるが、そういった悩みはないかと思ってな」

「……ありがとうございます」

サリエラの言葉に、エリシアは抑揚の少ない声で淡々と答えを返した。

「けど……いまのところは自主訓練や深淵樹海探索で問題はないので」

「そうか。だがなにかあれば相談してくれ。アルメリア王国の一員としていつでも力になろう」

「……はい。では失礼します」

言って、エリシアは再び会釈すると学長室を出ていった。

以前より緩和されたとはいえ、他者との交流を拒むような冷たさはまだまだ健在のようだ。

そんなエリシアを軽い溜息《ためいき》とともに見送り、サリエラは独りごちる。

「自主鍛錬で十分、か。まあそうだろうな」

なにせ相手は六歳という異常な早さで《職業《クラス》》を授かってから――いや、それこそ物心つく前から世界最強の父親《男》に戦闘技術を叩き込まれてきたという傑物《けつぶつ》。先ほど評したように、磨き抜かれた宝剣そのものなのだ。

わずか十六歳にして最上級職に至った実力は本物であり、実戦経験も他《た》を圧倒している。

同じ最上級職の大先輩であるサリエラですら正面戦闘で勝てるかどうか。

〝アルメリアの至宝〟〝歴代最強の勇者〟という異名は伊達《だて》ではないのだ。

ゆえに——サリエラにはひとつわからないことがあった。

勇者が代々この街に滞在する際は伴侶《はんりょ》探しの名目に加えて、常に「修行の仕上げ」というお題目がついて回る点だ。

伴侶探しについては理解できる。英雄血統以外で将来有望な若者を効率良く探すならここ以上の場所はないし、優秀な才を持つ貴族や在野の冒険者を奮起させて全体を底上げするという王国の目論見も筋が通っている。

だが常に同世代で最強クラスの才と実力を持つ勇者の血筋が……特に十六歳ですでに街の最高講師陣をも凌駕《りょうが》している歴代最強勇者のエリシアが、この街で一体なにを仕上げるというのか。

単純にこれまでの慣例に従って「修行の仕上げ」と謳《うた》っているだけかもしれないが……なんとも違和感が拭いきれなかった。

「……まあ、勇者と魔神については伏せられている情報も多い。すべてを知る勇者の一族や王宮の考えまでは読めんか」

判断材料が足りない事柄をいちいち考えていても仕方がない。

「それよりいまは、少しばかり落ち着いたこの時間を満喫するとしよう」

言って、サリエラは飲み物を用意してから深く椅子《いす》に座り直す。

あの問題児三人組の襲来にはじまり、ポイズンスライムヒュドラ襲撃に街道の崩落など、ここしばらくは頭を悩ませる事件が多かった。しかし最近はあの三人組も比較的大人しくしており、ほかに大きな事件も起こっていない。

勇者エリシアを巡る行事や式典も落ち着きはじめているし、そろそろまとまった休みがとれそうだ。と、サリエラが久々にのんびりした昼下がりを堪能していたとき。

コツコツ

「ん……？」

学長室のバルコニー（修繕二回目）からなにか物音がした。

「なんだ……？　人の気配はなかったが……」

最上級職の共通感知スキルを常時発動しているサリエラは訝《いぶか》しげに首を捻《ひね》る。

ただの物音か。いや、それにしてはあまりにもノックじみた音だったような……。

嫌なものを感じたサリエラは少し警戒しつつバルコニーに出る。

そこには誰もいなかった。が、

「なんだこれは……？」

バルコニーの手すりに、一枚の封書が貼り付けられていた。

見落としを防ぐためか、キザったらしく真っ赤なバラが添えられている。

明らかに今朝まではなかった異物。怪しいことこのうえない。そのまま放置しておくわけにもいかず、サリエラはその封書をとり中を見た。するとそこには、

『予告状
二日後。満月が最も高く昇る晩に〝アルメリアの至宝〟をいただきに参上する
怪盗セラス・フォスキーア』

「……見なかったことにしよう」

日々の業務に忙殺されていたサリエラは一瞬本気でそう考える。が、

「サリエラ学長！　大変です！　街中に勇者エリシアの誘拐をほのめかす予告状が！」

「ぬああああああああああ！」

悪名高い怪盗の名が刻まれた犯行声明。

いつの間にか街中にバラ撒《ま》かれていた数多《あまた》の紙片は既に多くの人の目に触れており――バスクルビアはすぐさま大騒ぎになるのだった。

第一章　アルメリアの至宝

1

「やあああああああああっ！」

ガガガギギギン！

短期遠征合宿を終え、バスクルビアに戻ってきた翌日。

僕は冒険者学校での座学が終わるやいなや、孤児組の演習場でとある人物と模擬戦にいそしんでいた。刃を潰《つぶ》した演習武器による、実戦さながらの近接戦闘訓練だ。

それなりの広さがある演習場の中心で僕が積極的に打ち込んでいき、相手がそれをいなすように受ける。そして準備運動のような打ち合いがしばらく続いた直後、舞うように僕の剣を捌《さば》いていたその人――ギムレットさんが全身に魔力を漲《みなぎ》らせた。

「《俊敏強化》！　《剛・剣速強化》！」

「――っ！」

瞬間、ただでさえ凄《すさ》まじい速さだったギムレットさんの細剣がさらに加速する。残像さえ捉えられない剣戟《けんげき》は、目で追っているだけではどこに打ち込まれるかさえわからない。
けれど――僕はその剣筋を攻撃の前から正確に察知していた。

ガギィンッ！


胴に迫っていたギムレットさんの一撃をどうにかギリギリで受け止める。

「よしっ」

それに僕が思わず声を漏らせば、ギムレットさんも目を大きく見開いて感嘆の声を漏らした。

「なんと、本当に私の素の一撃を止められるようになっているとは！　さすがは我が主クロス様！」

「一撃だけならどうにか。これが連撃だとさすがに厳しいし、こっちから攻撃に転じるのはまだまだ修行不足ですけど」

「なにをおっしゃいますか！　僭越《せんえつ》ながら、速度においてはいまだクロス様の遥か先をいく私の剣を察知し受け止められるだけでとんでもないことです。わずか数日前までとは比べものにならない見切りの力！　短期間にこれだけの飛躍を見せるとは、やはりクロス様は私などにはもったいないほどの素晴らしい主様にございます！」

「あ、あはは。ありがとうございます」

吟遊詩人《バード》かなにかのように大げさな身振り手振りで賞賛してくれるギムレットさんに、僕は少し対応に困りながらそう返す。

なにせ相手は十四歳の僕より五つも年上。さらに貴族の中でも最高位である公爵家の長男なのだ。本来なら僕のほうが気を遣わないといけない立場なのだけど、いまはそれがすっかり逆転してしまっている。傘下入りの決闘で僕が勝ったあと、ちょっと公にできないことが色々あり、それ以来ギムレットさんはこうして僕にちょっと病的な忠誠を誓ってくれているのだ。

最初はかなり戸惑ったし、いまも正直恐縮することのほうが多いのだけど……僕のほうも多少は慣れてきて、それなりに友好的な関係が続いていた。

「じゃあギムレットさんの期待に応えられるよう、もっと力をつけないとですね。模擬戦、もう少し付き合ってもらっていいですか?」

「もちろんでございます！　クロス様の成長の糧になれるよう、全力でお相手させていただきます！　次は連撃も込みでやってみましょう！」

「うん、それじゃあよろしくお願いしますギムレットさん！」

言って、僕は再びギムレットさんとの模擬戦に飛び込んでいった。

《スピードアウト・ブレイク》《速度低下の呪い》を食らっていない《上級瞬閃剣士》の攻撃を捌《さば》ききるのはやっぱりまだ難しい。

けど、

「《中級体外魔力感知》！　《中級気配感知》！」

師匠たちとの短期遠征合宿で伸ばした地力。そして雷の半精霊シルフィを巡る事件を経て爆発的に成長した二つの感知スキルを全力併用することで、僕はどうにかその速度に食い下がれるようになっていた。相手の攻撃を事前に感知。自分よりも遥かに速い剣戟《けんげき》にもギリギリで追いつく。

そのおかげで速度低下を食らっていないギムレットさんともなんとか模擬戦が成立するようになっていて、互いの力を遠慮なくぶつけ合うことができていた。

決闘のときにも実は少し感じていたのだけど……こうやって研鑽《けんさん》をぶつけ高め合う時間はかなり楽しくて、ついつい時間を忘れて熱中してしまう。

ちょっと熱が入りすぎて訓練用の剣でもそれなりにダメージを負ってしまうほどだ。

僕とギムレットさんは互いにカウンタースキルをもっているため、その打ち合いを競っていれば自然に傷が増える。

しばらく模擬戦に集中していると、気づけばお互いボロボロになっていた。

「さすがにちょっと休憩しましょうか。あ、あと近接スキルだけでなく回復スキルのほうも練習しておきたいので、ちょっと失礼しますね。――《ケアヒール》」

「ぬおおおおおあああああっ、クロス様の神聖かつ暖かな魔力がクロス様に傷つけられた傷に染み渡って……！」

「ちょっ!?　動かないで――っていうか変な声出さないでくださいよ!?」

と、僕がギムレットさんの奇声に戸惑いつつ、詠唱を重ねて自分にも回復スキルをかけていたところ、背後から聞き慣れた声が響いた。

「けっ、ずいぶんと仲がいいな。最初は殺し合うレベルで対立してたってのによ」

ジゼルだ。

なぜか少しぶすっとした表情で、ジゼルは言葉を重ねる。

「タイマンでどんだけ長く模擬戦やってんだよ。何回か声かけても聞こえちゃいねえし。せっかく学校に来てんだから、もっと色んなヤツと鍛錬しようとは思わねえのか？」

ジゼルが呆れたように言うと、ギムレットさんがなにやら得意気な顔で、

「なんだ山猿、妬《や》いているのか？　私とクロス様が織りなす二人だけの世界に割り込めず妬いているのか？」

「ああ!?　誰が嫉妬だてめえは毎回毎回デタラメ吹いてんじゃねえぞクソ貴族！」

ジゼルが怒りからか顔を赤くしながら叫ぶ。ちょっ、そんなに怒るほどのことだった!?

面食らっていればギムレットさんがさらに続ける。

「相変わらず威勢だけはいいなジゼル・ストリング。まあいくら吠えようが、現状の貴様では私とクロス様の戦闘速度にはついてこれまいが。悔しければさっさとクロス様の配下にふさわしい領域に上がってくるがいい。まあいまのままでは永遠に無理であろうがな！」

「ああ!?　舐《な》めてんじゃねーぞボケが！　私だって普通に成長してるっつーの！」

「はっ、普通にな。いくら同世代最高峰の有望株とはいえ、それで追いつけると思っているのか？　私も毎日研鑽《けんさん》は積んでいるし、クロス様はさらにとんでもない速度で強くなっているのだ。つまり現状では私とクロス様の間に割って入ることは不可能！　この先もずっと私とクロス様が織りなす二人だけの世界を見ているがいい。指をくわえてな！」

「こいつ言わせておきゃあ……！　だったらいますぐてめえを経験値に変《ぶ》え《ち》て《殺》レ《し》ベ《て》ルアップしてやろうか、ああ!?」

「ちょっ、ジゼルストップストップ！　ギムレットさんも、無理じゃない範囲で仲良くしようって言ってるじゃないですか！」

　いよいよ見過ごせないレベルにまでヒートアップした二人を慌てて止めに入る。

　二人とも僕をリーダーとする新興派閥「アラカルト派」に所属している（と世間的にはなっているらしい）わけなのだけど、以前の確執は根深く、普段はそこそこ上手くやっていても時折こうして激突してしまうようだった。

　孤児組仲間のエリンたちもジゼルを抑えにかかる。

「ちょっとやめなってジゼル！　ぶっちゃけあんたはギムレットとは競うジャンルが違うでしょ!?　またクロスに変な目で見られるよ!?」

「う、うるせえ違わねえよバカ！　冒険者としてこのまま舐められっぱなしでいられるか！」

「ああもう面倒だからこのまま乱闘形式の模擬戦でもやるか!?」

暴れるジゼルを見て一部の面々が悪ノリするように叫ぶ。

ちょっ、止めるどころかどんどん収集がつかなくなっていく……!?　と僕が目の前の騒ぎに困り果てていたそのとき。

なにかが伝播するように演習場の周囲が酷《ひど》くざわつきはじめた。

「……?　なんだろう」

そのざわつきは深刻なものではないようだったけど、どこか浮き足立っていて。

激昂《げっこう》していたジゼルもそちらに顔を向けて「なんだ?」と眉を潜めた、直後。

「おいお前ら大変だぞ!?」

孤児組のダートたちが血相を変えてこちらに駆け込んできて――信じられないことを口にした。

「あの怪盗セラスが、勇者エリシアを誘拐するって予告したんだってよ!」

「……え?」

耳を疑うような話に、僕はしばしその場で動けなくなった。

2

「あれが予告状……っ」

いつもとは比べものにならないほど人でごったがえした学校の広場。

中央の大掲示板に、その手紙は赤いバラとともに貼り付けられていた。

二日後の晩。満月が最も高く昇る時間にアルメリアの至宝を——すなわち勇者の末裔《まつえい》エリシアさんを攫《さら》うという旨の犯行予告。あまりにも大胆不敵な犯行声明はここだけじゃなく、バスクルビアの至るところに届けられていたらしい。

広場の噴水、大商会の軒先、教会の出入り口。

隠しようがないほど様々な場所に貼り付けられた予告状の存在は一瞬で人々の間に広がり、街はその話題でもちきりになっていた。

予告状は証拠保全の意味合いもあってギルドの職員さんにすぐ撤去されたけど、学校内はざわざわと浮き足立ったまま。生徒たちが話す内容も当然のようにそれ一色だ。

「まさか怪盗セラスの予告状をこの目で見られるたぁな。さすがは勇者様の滞在するバスクルビア。なにが起きても不思議じゃねえぜ」

「そもそもありゃ本当に怪盗セラスの予告状なのか？　名を騙《かた》る偽物がとっ捕まったなんて話もよく聞くし、怪盗セラスが人攫いなんざするかね。金持ちの財宝ばっか狙ってるイメージがあったんだが」

「どっかの国のお姫様やら貴族のご令嬢やらを攫ったって話もあるんじゃなかったか？　なん

にせよ相手は犯罪者。なにやってもおかしくねえよ」

「こりゃあ、かの有名な盗賊をとっ捕まえて一気に名を挙げるチャンスじゃねえか!?」

「バーカ、お前なんかにゃ無理だって。相手はあの怪盗セラスだぞ」

怪盗セラス。

ここ数年、たびたび世間を騒がせてきた有名なお尋ね者だ。

盗みに入る際には予告状を送りつけ、必ず成功させる。

その特異な犯行スタイルは人々の耳目を集め続けており、ことあるごとに商人たちが事件の概要を調べあげては紙面にまとめて各地で売り捌《さば》くほどだという。世情に疎い僕でも何度か名前を聞いたことがあるくらいだ。

どんなに厳重な警備もすり抜け数多《あまた》の宝物を盗み出す神出鬼没の《盗賊《シーフ》》で、その正体は少し変わった格好をした猫獣人の女性だと言われていた。けれどわかっているのはそれだけ。ギルドが世界規模で手配し続けているのに尻尾さえつかめず、いまも被害額は膨らんでいく一方らしい。

「そんな人がエリシアさんを狙うなんて……」

一体なにが目的なのかわからないけど、いてもたってもいられなくなる。

と、騒ぎが起きてからしばらくした頃、学校の敷地内で大きな動きがあった。

予告状が貼り付けられていた掲示板前に、ギルドの職員さんと学校の講師陣が現れたのだ。

「もうすでにほとんどの者が知っているとは思うが……今日の昼すぎ、怪盗セラスを名乗る者から勇者エリシアの誘拐を示唆する予告状が届いた」

サリエラ学長に並ぶ最上級職の男性講師が声を張る。

そうして注目を集めながら、講師は端的に切り出した。

「ギルドは予告された二日後に備え、警備に協力してくれる者の募集を決定した」

「……っ」

その宣言に、ただでさえざわついていた周囲が一斉に色めき立つ。

ざわめきに負けない声量で男性講師は続ける。

「もちろん、勇者エリシアの直接的な護衛には英雄血統の者たちをはじめ、講師の中から選ばれた我々最上級職が当たる。だが警備用の強力な魔道具を最大威力で複数発動し、なおかつ広く厳重な警備網を構築するにはある程度の人数が不可欠だ。よって中級職以上の力を持つ冒険者たちを緊急招集することとなった。詳細はいまから張り出す書類に明記してある。我こそはという者は身分証明のステータスプレートとともに、今晩までに申し込みを完了してくれ！」

張り出された書類のもとへ、大勢の冒険者が一斉に群がっていく。

警備協力募集の張り紙はほかにも多くの場所に掲示するらしく、ギルドの職員さんたちは慌ただしく別の場所へと走っていった。

喧噪《けんそう》を前に——僕は両隣にいた二人へ向けてほとんど反射的に口を開く。

「ジゼル、ギムレットさん」

エリシアさんの直接的な警備は雲の上の人たちが行う。

僕ができることは極めて限られるだろう。けど、

「仮にも派閥のリーダーをやらせてもらってる身で勝手かもしれないけど……僕はこの招集を受けようと思う」

エリシアさんはかつて僕を助けてくれた憧《あこが》れの人。いつか助けられるくらい強くなりたいと思っている目標の人だ。

たとえいまはまだ実力が足りないとしても、やれることがあるのになにもしないなんて選択はあり得ない。

僕が断言すれば、ジゼルはなにやら探るような顔でじーっと僕を見たあと、

「……ま、いーんじゃねーの？　割のいい仕事みてーだし、受けといて損はねえだろ。警備上の問題で色々制限はあるみてーだから、孤児組全員は受けられねえが」

「クロス様がそうおっしゃるのであればもちろんどこまでもお付き合いいたします。というか、そもそも受けるしかないでしょうな、この緊急招集は」

ギムレットさんは真面目な顔で、

「我々アラカルト派は平民のクロス様が公爵家出身の私を従える前代未聞の新興派閥。この手の大規模な事件に協力しないとなれば角が立ち、妙な難癖をつけられかねませんから」

「なるほど……」

ともあれ、二人とも僕の言葉に反対どころか全力で付き合ってくれるようで、

「ありがとう二人とも」

僕はジゼルとギムレットさんにお礼を言って、迷うことなく警備依頼に申し込むのだった。

＊

「そういうわけで、エリシアさんの警備任務で明後日《あさって》は帰りがかなり遅くなりそうなんです」

冒険者ギルドの募集に速攻で申し込んだあと。

屋敷に帰宅したクロスは事の次第を早速リオーネたちに報告していた。

深夜にまで及ぶだろう警護任務について事後報告になってしまったことを申し訳なく思いつつ、しかし師匠たちなら「いい経験だしな」と快く送り出してくれるだろうと信頼して。

が、

「「「……」」」

エリシアの名前が出た途端、リオーネ、リュドミラ、テロメア三人の表情がぴしりと固まっ

た。

そのおかしな様子にクロスは「え」と面食らい、

「あ、やっぱりよくなかったですか？　依頼が深夜にまで及ぶと修行の予定が崩れるとか……？」

「あ、いや、そういうわけではない。……しかしそうか、あの特級毒虫……もとい勇者エリシアの警備任務か……それはまた、大変なことになったものだな」

努めて冷静にリュドミラが言うが……その内心は相当複雑なものとなっていた。

隣で微妙な表情を浮かべるリオーネとテロメアも同様だ。

なぜ弟子が警備任務に参加するというだけでそこまで表情を硬くしているのかといえば……つい先日、愛弟子《まなでし》クロスとエリシアの密会が発覚したからだ。

世界最強クラスの女傑である三人の目的は、クロスを理想の男に育て上げて収穫すること。

そのため先日クロスと密会を重ねていると発覚したエリシアを「愛弟子に近づく特級毒虫」として警戒していたのだ。いくら相手が宝剣と称される美少女であろうと女としての魅力で負けるわけがないが、自分たちが互いに足を引っ張り合っている現状では横からかっ攫《さら》われかねない、と。ゆえに師匠たちはエリシアの名前を聞いて少々ピリついた魔力を漏らしてしまっていたのである。が、

「はい、本当に大騒ぎなんです。けど大変なのはエリシアさん本人と彼女を直接警護する人た

ちで。僕は外周警備や探知魔道具起動の魔力提供くらいしかできないんですけど……」

「あ……そ、そうだな。そりゃそうだ」

クロスの言葉を聞いてリオーネたちは自らの早とちりを猛省する。

勇者エリシアを近くで護衛するのは当然バスクルビアでも最上の手練《てだ》れ。

クロスはいわゆるその他大勢の警備要員。エリシアを近くで護衛するわけではないのだからと胸を撫《な》で下ろした。

が……そうなるとまた別の懸念が湧《わ》いてくる。

それは今回の警備にかなりの人数が募集されているということ。

つまりクロスの周囲に多くの女が現れるだろうという点だった。

(急成長を遂げるクロスに毒虫が寄ってくる可能性は以前から予想していたが……クロスの魔性は想定以上。異性を含む大人数で同じ目的を共有する場など危険極まりない)

(しかもクロスのヤツはその手のことにまるで免疫がねぇからな……強引に迫られたりしたらどんな事故が起きるかわからねぇ……いやまあそこも可愛《かわい》いところではあるんだけどよ……)

(もしまたなにかの間違いでシルフィちゃんのときみたいなことが起きたら……考えただけで街を滅ぼしたくなっちゃうよぉ)

などと考える三人の脳裏によぎるのは、つい先日の大事故。

クロスのほっぺにチューを電光石火の不意打ちで奪い去ったシルフィ・ステラコット（九

歳）の暴挙である。もしまたクロスに惚《ほ》れた者が現れ似たようなことが起きたら――考えただけで国を二、三個吹き飛ばしたくなる。

そこまで心配ならいっそのことハニトラ対策などと称して過激なスキンシップを行い、クロスの好感度を稼ぎつつ自分以外の女では赤面しないレベルで免疫をつけさせようと考えたこともあったが、

（いや、さすがにそれは無理……）

恥ずかしいし、なによりそういう短絡的な手段に出るのは墓穴な気がする！

なんとなく！

と、その強攻策はリオーネとリュドミラの中で無期限保留となっていた。

とはいえクロスに向けられる異性からの好意に対してなにか対策が必要なのは間違いない。

かといって異性と関わらせないようにするわけにもいかず、過激な色仕掛けも不可能な以上なにをどうすれば……と世界最強の冒険者たちが考え抜いた結果、どういう結論に至ったかといえば――。

「ま、まあ警備参加はいいけどよ……現場では女に気をつけろよクロス。警備要員として潜り込んだ賊の女が周りの男に好意があるように見せかけて抱き込むなんざ珍しい話じゃねえからな！」

「うむ。しかしそれはなにも警備の場だけの話ではない。常日頃から注意しておいたほうがい

い問題だな。古今東西、傑物《けつぶつ》の死因はハニートラップによる暗殺が最も多いと言われている。上級職からの襲撃を受けるほど悪目立ちしている君は特に気をつけるべきだろう」

――もの凄《すご》くそれっぽい理屈をつけた口頭注意に走っていた。

そんな師匠たちの姑息な戦術にまるで気づいていないクロスが「え」と目を丸くするなか、リオーネとリュドミラはさらに続ける。

「そうそうハニトラはこえぇぞ。龍神族《ドラゴニア》の強力な戦士もそれで何人か死んでるらしいって聞いたこともなくもねえからな！　つまり好意を向けてくる女は全員警戒するくらいがちょうどいいってこった！　男が警戒心を抱きづらい同世代や年下の女なんかは特に怪しいな！」

「ああそうだな間違いない。クロス、君のように純真な者は特に善意を利用されやすい。善性は間違いなく長所ではあるが、そこにつけ込む卑劣な輩《やから》もいると意識しておくだけで違うだろう」

色仕掛けにも走れず日和った師匠二人がいちおう間違ってはいないアドバイスを力説し、クロスも「そ、そういうものなんだ……」と信頼する師の教えを素直に受け入れる。

そんなクロスの隣でテロメアが「うんうん」と頷《うなず》き、

「そうだねぇ。特にクロス君はすぐに赤面して動揺しちゃうくらいそっちの方面に慣れてないし～、悪い人の色仕掛けを食らっても隙《すき》を晒《さら》さないよう特別な対策訓練をわたしとお風呂場あたりで――」

「てめえふざけんなよテロメア!!」

「それ以上クロスに近寄るな人の形をした痴的生命体が！」

「わあああああっ!?　ちょっ、みなさんいきなりどうしたんですか!?」

と、突如争いだした三人の師に困惑しつつ——なにはともあれクロスは無事（？）二日後の警備に参加することになるのだった。

＊

バスクルビア全体にエリシア誘拐の予告状と警備についての情報が駆け回っていた頃。

それらの情報は街の表だけでなく、地下に身を潜める裏の人間たちにも即座に届いていた。

「ちっ、せっかく高い金を出してアレを大量に仕入れたってのに。なにが怪盗セラスの予告状だ。勇者周りの警備が増して手が出せねえじゃねえか」

半ば祭りのように沸き立つ街の喧騒に嫌悪感を滲《にじ》ませつつ、男が吐き捨てるように言う。

「このセラスってやつが勇者を始末してくれりゃ話は早いが……所詮は盗賊。勇者を殺せるような戦闘力はねえだろ。無駄に警備を厳重にしてくれやがって、迷惑な話だぜ」

「いや……そうとも限らん。むしろこの騒ぎは我らに都合がいいぞ」

と、闇《やみ》に蠢《うごめ》く男たちのなかで明らかに空気の違う男がにやりと口角をつり上げた。

「我々が入手したアレは間違いなく強力である反面、勇者一派にぶつけるにはいまひとつ威力に欠ける。だがアレの危険度は、勇者に群がる有象無象相手ならば間違いなく大打撃を与えられるほどのものだ。そしていま、都合がいいことに勇者に与する愚か者どもがわざわざ一箇所に集まってくれるという」

ギルドが街中に掲示した警備募集の張り紙を男が掲げる。

「勇者などという魔神の天敵を崇《あが》め賞賛する愚か者どもをまとめて潰《つぶ》すいい機会だ」

張り紙をぐしゃりと握りつぶしつつ、男が殺意に満ちた低い声を漏らす。

「全員を殺すことはできずとも、自らを守るための警備で大量の死人が出たとなれば勇者一派の威信も地に落ちる。勇者に全戦力をぶつけるより、こちらのほうが確実にいいダメージになると思わないか?」

「……なるほど、そりゃいい」

先ほどまで文句を垂れていた男も含め、その場にいた全員が高揚したように声を漏らす。

濁った瞳《ひとみ》をいくつも闇に光らせて。

魔神崇拝者と呼ばれるならず者たちもまた、二日後の夜に向けて動き出すのだった。

3

警備参加の申し込みが受理され、厳格な審査の末に正式な警備要員として招集されることが決まった翌日。日も沈んだ頃。

僕はジゼルとギムレットさん、それからギムレットさんのもとに唯一残った従者である《中級盗賊《シーフ》》の女性リラさんとともに警備区域へとやってきていた。

「ここがエリシアさんたちのお屋敷がある高級住宅エリア……」

そこは師匠たちのお屋敷ほどではないにしろ、大きな建物や太い道、複数の広場が交差する住宅街。

普段は近づくことのない区画だから平時の様子はわからないけど……それでも常とは明らかに違うだろう光景に僕は思わず目を丸くする。

バスクルビアの中でもかなりの面積を有する住宅地全体を、薄く輝く半円状の膜が覆っているのだ。

「あれが数百数千人分の魔力でさらに精度を増すっつー警備用のマジックアイテムか。さすがは勇者サマの警備。やることが派手だな」

ジゼルが言うように、その巨大な帳《とばり》は警備用結界アイテムによるものだった。

なんでも、許可を得ていない人物の侵入を拒む効果があるらしい。

強度は過信できるほどではないものの十分強力で、さらにこの結界の本領は無断侵入者の超精密な感知にあるという。もし結界が強引に突破されても一瞬で警報が鳴り響き、どれだけ高レベルな気配消失のスキルを発動させようが周囲に侵入者の位置を知らせ続ける高精度の魔法が編み込まれているとのことだった。

唯一の出入り口には何十人ものギルド職員さんと最上級職の先生が目を光らせていて、警備に参加する人たちの最終チェックを行っている。

「事前に許可を受けた者でも出入り口以外から入ると警報の対象となります。早めに並んでおきましょう」

ギムレットさんの言葉に頷《うなず》き、僕たちも列に並ぶ。

偽造不可能の身分証明書であるステータスプレートとギルドから送られてきた正式な招集状を教会謹製の水晶にかざし、ギルド職員さんにも目視でチェックしてもらったあと、ようやく僕たちは結界内に足を踏み入れることができた。

「この辺りに住んでる人たちは全員事前に避難済みだから当然だけど……やっぱり異様な光景だね」

詳しい配置指示やパーティの再編成を受けるために指定の広場へ到着した僕は、結界内の景色に改めて息を呑む。

当たり前ではあるけど、そこには住宅街であるにもかかわらず戦闘装備に身を包んだ貴族の人や冒険者しかいない。結界の淡い光や松明《たいまつ》、マジックアイテムによる明かりが煌々と周囲を照らす様は非日常感に溢《あふ》れていて、思わず肩に力が入ってしまうようだった。

けれどその一方、

「ま、確かに景色だけは物々しいが……本気で警戒してんのは一部だけだな。この外周区域は警備の本流じゃねえから仕方ねえとはいえ、いまの段階だとちょっとしたお祭り気分みてーなヤツも多そうだ」

ジゼルの言葉に周囲を見れば、一時待機場となっている広場では少しばかり緊張感に欠ける雰囲気が漂っていた。談笑している人。僕たちのほうを見て興味深げにひそひそしている人。臨戦態勢とは言えない人がそれなりにいて、悪く言えば浮ついているようにも見える。

ただ……ジゼルが言うようにそれも仕方ない面はあるかもしれない。

僕たちが配備されたこのエリアは警備区域の中で最も外周に近い場所で、中心地近くにはベテランの上級冒険者パーティが、警備の中心であるエリシアさんのお屋敷には最上級職の先生たちや英雄血統の人たちが護衛に目を光らせている。

加えて満月が天頂に昇るにはまだかなり時間があり、いまから肩肘《ひじ》を張っても仕方ないと考えている人が少なくないようだった。

広場に設置された現場指揮所で警備用パーティの再編成を済ませたジゼルが、改めて呆れたような声を漏らす。

「呑気なもんだぜ。そりゃ確かに満月が昇りきるまで時間はあるし、警備の配置もまだ完全には済んでねえ段階だけどよ。予告状はブラフで、いまこの瞬間にも奇襲があってもおかしくねーっつうのに」

「珍しく意見が一致したなジゼル・ストリング。確かに相手は生粋の犯罪者。予告状など信用できんし、犯行を前出しにする可能性は十分に考慮しておくべきだろう」

ギムレットさんも珍しくジゼルに同意する。けれど、

「……うーん。本当にそうなのかな……」

ぽろっと、僕の口からそんな言葉が漏れていた。

「あ？　なにが言いてえんだよクロス」

「あ、いや、早いうちから警戒しておくべきっていうのはその通りだと思うよ？　侵入者が来るとして、真っ先に対応しないといけないのは僕たち外周組なんだし」

訝《いぶか》しげな目を向けてきたジゼルに、僕は自分でも少し戸惑いながら返す。

「けどなんていうのかな……そもそも奇襲するなら予告状なんて出さなきゃいいわけで。怪盗セラスって人については噂《うわさ》しか聞いたことがないからなんとも言えないけど……なにか信念とかこだわりがある気がするんだよね。そういう不意打ちはしそうにないっていうか」

美意識、と言い換えてもいいかもしれない。

もちろん相手はれっきとしたお尋ね者だし、エリシアさんになにをするつもりかわからない以上は全力の警戒態勢で挑むつもりだ。しかしそれでも、予告状を違えるような真似はしないんじゃないかという妙な確信だけはあった。根拠はなにもなくて、強いて言えばあんな予告状

を出す人が卑怯《ひきょう》な不意打ちなんてするだろうか、というただの印象論なんだけど。

「……って、全力で警戒すべき場面でなにを言ってるんだって話だよね」

と、自嘲《じちょう》するように頬《ほお》をかいていたところ——パーティ再編成によって僕たちと行動をともにすることになったある人物が口を開いた。

「ほぉ～。至極真面目な顔で警備に参加しているわりに、クロスさんは怪盗セラスに対してなかなか好意的ですね」

「えっ!? い、いや別に好意的ってわけじゃないですよニーナさんっ」

からかうような表情で僕の言葉を曲解した美少女に、僕は少し慌てながら返した。

ニーナ・ファラディー。快活な印象の強いエルフの女性。十六歳。

パーティ再編成で僕たちの班に割り振られた在野の冒険者で、《盗賊《シーフ》》以上の探知能力を持つ《レンジャー》の中級職だ。

今回の任務では警備参加者の魔力を使って強力な結界探知魔道具を起動させているわけなのだけど、それとは別に各パーティが探知能力に秀でた人材を確保しておくに越したことはない。

そのためギルドもその手の人材を多めに募集していて、多くのパーティにレンジャー系の《職業《クラス》》が行き渡るように配慮しているらしかった。

そんなわけで僕たちのパーティに加わってくれたニーナさんのからかうような言葉に、ギムレットさんが真面目に反応する。

「クロス様は観察眼にも優れたお方だからな！　浅慮なことを言ってしまった私とは違い、相手が犯罪者であろうと公平かつ冷静な判断を下すことができるのだ！」

「い、いやちょっとギムレットさんっ。僕の適当な言葉をそこまで信用されてもっ」

やたらと僕を肯定してくれるギムレットさんに冷静になるよう促す。

そんな僕たちのやりとりを見て、エルフのニーナさんが「むぅ？」と首を傾げた。

「ええと、パーティの再編成でこちらにお邪魔すると決まったときからずっと疑問に思ってたんですけど……」

ニーナさんは不思議そうに腕を組む。

「身なりや所作からしてギムレットさんが貴族様、クロスさんが平民の方、なんですよね？なにやら主従が盛大に逆転しているように見えるんですが、どういうことなんです？」

「あー、いや、それは……」

僕がニーナさんの当然の疑問にどう答えようか困っていると、またしてもギムレットさんが声を張る。

「どうもこうもない。レベル50の《上級瞬閃剣士》であるというだけで自惚《うぬぼ》れていた愚かで矮《わい》小《しょう》な私を《無職》のクロス様が決闘で下し、その大海のように広い慈悲の心で傘下に加えてくださっただけのことだ」

「……？？　え？　《上級瞬閃剣士》に勝った、ですか？　レベルの上がらない《無職》の身で……⁉　しかもこれだけ年齢差があって⁉　……いやでも、よく視ればレベル0としか思えない弱々しい気配と、それに反する膨大な内在魔力は確かに……」

ニーナさんがさらに混乱したような表情を浮かべる。

ま、まあ確かに、いきなりそんな話を聞かされても信じられないよね……。僕自身いまだに信じられなかったりするし。僕に対するギムレットさんの妄信はもっと謎《なぞ》だし。

と、混乱するように目をぱちくりしていたニーナさんにジゼルが顔を向ける。

「なんだよあんた。あんだけ騒ぎになった二人の決闘のこと知らねえのか？」

「いやー、実は私、この街に来てから日が浅くてですね。その決闘？　とやらについてもいま初めて聞いたのです」

「あー、そういうことか」

ジゼルが納得したように頷《うなず》く。

バスクルビアはもともと各地から多くの人が集まる冒険者の聖地。その勢いはエリシアさんの滞在でさらに加速している。ニーナさんもそんな流れの中で街に新しくやって来た冒険者の一人らしく、事情を聞いたギムレットさんがさらに勢いを増した。

「ならば布教《おし》えようクロス様の素晴らしさを！」

「ギムレットさん⁉」

僕が止める間もなくギムレットさんが決闘の詳細を語り尽くす。

するとニーナさんはさらに目を丸くして、

「ほぉ、複数《職業》《クラス》のスキルを駆使して……それはなんとも珍しい。聞いたことがありません。ふーむ、さすがはバスクルビア。《無職》でありながら速度特化の上級職を下す実力を持ち、なおかつ力に溺《おぼ》れる様子もない。これはまたずいぶんと変わった冒険者がいたものです。《職業》もまだ授かったばかりなんですよね？」

「え、ちょっ、ニーナさん!?」

珍獣かなにかを観察するように上目遣いでじーっと見つめてくるエルフの美少女に僕は顔を赤くする。いやその、近くで見上げられるのも恥ずかしいんだけど、ニーナさんが僕の顔を覗《のぞ》き込むために前屈みになっているせいで、ええと、エルフにしてはかなり大きいニーナさんの胸がどうしても目に入るというか……！

「おい……なにてめえまで仕事の最中に気の抜けた顔してんだクロス。ぽっと出のエルフなんぞにデレデレしてんじゃねーぞバカ」

「え!?　いや別にデレデレなんて!?」

突如、《撃滅戦士》特有の強い力で僕をニーナさんから引き剝《は》がしてきたジゼルに全力で弁明する。ジゼルは「嘘《うそ》つけてめえどこ見てたか当ててやろうか!?」と僕を怒鳴って黙らせると、なぜかニーナさんの胸の辺りを睨《にら》みながら、

「つーかいまさらだが、なんで私らのパーティに外野の冒険者を入れることになってんだよ。

あのクソアマんとこに《中級レンジャー》がいるから大丈夫っつー話だっただろうが」

「その予定だったのだがな」

本当にいまさらなジゼルの発言に、ギムレットさんが困ったように溜息《ためいき》を吐《つ》く。

「あれだけ現地で私たちと合流するよう言い含めておいたというのに、結局パーティ再編成まで姿を見せなくてな。警備には参加しているはずだが……一体どこでなにをしているのか、あの困った従姉妹は」

「……僭越《せんえつ》ながら」

と、それまで主の影に徹していた《中級盗賊《シーフ》》のリラさんがギムレットさんの愚痴を聞いて静かに口を開いた。

「カトレア様なら配下の方々を連れて、つい先ほどからあの角にてこちらを窺《うかが》っております」

「え」

リラさんの指さしたほうを見れば――、

「ちょっ、いま目が合ったわ!?　いやあああ!?　お兄様が凄《すご》い速度と形相でこっちにいいいいいいい!?」

遠く離れた建物の影から僕たちの様子を窺っていたらしいカトレアさんが、速攻で動いたギムレットさんに襟首を摑《つか》まれて悲鳴を上げていた。

4

カトレア・リッチモンドさん。

わずか十六歳で爆撃魔法を操る中級魔導師に至った才女で、かつてはギムレットさん直下の中堅貴族として僕ら孤児組と決闘を行った伯爵家の令嬢だ。

けれどギムレットさんが貴族派閥から放逐されたことで、同じように僕たち孤児組に敗北していたカトレアさんは派閥内での立場を完全に失っていたらしい。

かといってギムレットさんのように明確に派閥から離脱したわけでもなかったため、その立ち位置は非常に微妙なものに。ギムレットさんはそんなカトレアさん一派に対して「こっちの派閥に来い」と前々から繰り返し声をかけており、今回の警備任務で僕らと本格的に合流するよう念を押していたとのことだった。

カトレアさんのほうも身の振り方を迷っていたらしく、かなり遅れたもののこうして顔を出してくれた以上は少なからず合流の意志もあるみたいだった。

とはいえ……ギムレットさんのように様子がおかしくなっていないカトレアさんは、当然ながら平民の《無職》である僕の下につくつもりはさらさらないようで。

ギムレットさんの手でこちらに引っ張ってこられてからも、従者リラさんになにやら激しく嚙《か》みついていた。

「ちょっとリラ！　前から何度も聞いてるけど、あの変わり果てたお兄様はどういうことなの!?　平民の《無職》に本気で心酔しているように見えるのだけど!?」

「いえ、その、詳細は命に関わるので決して他言はできないのですが……なにはともあれギムレット様はあの決闘以降、見ての通り脳が焼かれたような有様に。おいたわしや……。ですが私は主がどのような姿になろうと忠を尽くすのみ」

「なんなのよそれ！　意味がわからないわ！　あんたもお兄様もいくら決闘に負けたからって《無職》の平民に本気でかしずくなんて頭がおかしくなってしまったんじゃないの!?」

「カトレア？」

「ひぇっ」

大声をあげていたカトレアさんの背後にギムレットさんが迫り、その頭をがしりと掴《つか》む。

「貴様というやつは。あれだけ私が語り尽くしたというのに、クロス様の偉大さがまだわからないのか。いよいよ身体《からだ》に教えてやる必要がありそうだな？」

「い、いやー!?　おしりぺんぺんはもういやあああ！　助けてダリウス！　パブロフでもいいわ！　お兄様がご乱心よご乱心！」

「そ、そうはおっしゃられても……」

カトレアさんの従者の一人である《瞬閃騎士》パブロフさんが弱り切った表情を浮かべる。

かつて僕と一騎打ちを行った《撃滅騎士》のダリウスさんが僕に頭を下げて、

「クロス・アラカルト。諸々の所業について謝罪できないままでいた身で非常に申し訳ないのだが……そちらからもギムレット様にあまり過激なお仕置きはしないよう進言してはもらえないか。……仕える身としてあまり大きな声では言えないが、あとでお慰めするのも大変なのだ」

「そ、そんな頭まで下げなくても！　頼まれなくても止めるつもりだったので！」

「……かつて敵対し、都合良く傘下に下ろうという我々にもその態度か。やはり変わった男だな……。恩に着る」

　そう言ってようやく顔をあげてくれたダリウスさんに僕もほっとする。

　と、《中級レンジャー》の従者を連れたカトレアさんパーティとの合流で騒々しくしていたところ、再びジゼルが忠告するように低い声を漏らした。

「おい遊んでんじゃねーぞ貴族ども。特にカトレア。てめえ油断してるとまた漏らすハメになんぞ」

「もら……!?　私がいつそんなことしたっていうのよふざけるんじゃないわよ!?」

　ギムレットさんに頭を掴まれたままのカトレアさんが顔を真っ赤にして叫ぶ。

　それから自分を落ち着けるように扇子で口元を隠すと、

「ふ、ふん。平民の戯れ言なんてわたくしには効かないわ。それに言っておくけど、別に油断しているわけじゃないわよ。客観的に考えてここで神経をすり減らす必要がないというだけのこと」

カトレアさんは自信満々に語り出す。

「事前に周知されているように、この警備の本命は英雄血統と最上級職のベテラン講師陣、あとはせいぜい中心地の上級職パーティよ。わたくしたちの役目は魔力を提供して不法侵入者探知の魔道具を全力稼働させ続けるくらいで、《レンジャー》を率いた警備は念のためのオマケみたいな仕事だもの。そもそも予告状なんて送って人を攫《さら》いにくるなんてバカのやること。怪盗セラスの名を騙《かた》ったタチの悪いイタズラの可能性だって十分にあるわけだし、そんなに肩肘《ひじ》を張ったところで徒労に終わるに決まって――」

「ちょっと待ってください」

「え？」

それはあまりにも唐突な出来事だった。

《中級レンジャー》のニーナさんがカトレアさんの言葉を遮り、空を見上げながらぎょっと目を見開いたのだ。

「……っ！　みなさん！　いますぐここから逃げ――」

そしてニーナさんが広場にいた全員へ向けてなにかを叫ぼうとした、次の瞬間。


――ビリリリリリリリリリリリリリ！

その声をかき消すようにして盛大な警報音が鳴り響いた。

直後、

「な――っ⁉」

釣られて空を見上げた僕は絶句する。

結界を強引に突破する何十個もの岩石。

無断で結界内に侵入したことを示す淡い光を帯びながら、構うものかと落下してくる大質量。

高速で飛来する岩塊のひとつは速度を落とすことなく僕たちのいる広場へも突っ込んでくる。

それはまるで、誰も手出しできない上空から強力な土石魔法をいくつも打ち込まれたかのようで――。


ドゴゴゴゴゴゴオオオオオオオン‼

5

その場にいた全員が唖然《あぜん》とするなか、冒険者の集まる警戒区域全体に凄《すさ》まじい衝撃が轟《とどろ》いた。

「うわあああああああああああっ⁉」

広場にその岩塊が着弾した瞬間、魔法攻撃を思わせるほどの爆風が周囲一帯に吹き荒れた。

咄嗟《とっさ》に身体強化系スキルを同時発動させて近くにいたジゼルとニーナさんを庇《かば》って逃げるも、広範囲の爆風になすすべなく吹き飛ばされる。

地面を何度も転がり砂塵《さじん》にまみれながら、僕は急いで立ち上がり周囲に首を巡らせた。

「ぐっ……！　一体なにが……⁉　ジゼル、ニーナさん、二人とも大丈夫⁉」

「どうにかな……っ」

「こちらもひとまず大した怪我《けが》はありませんが、クロスさんのほうは⁉」

「よかった！　僕のほうも大丈夫だけど……ほかのみんなは⁉」

「お心遣いありがとうございますクロス様、私もどうにか……っ」

「ちょっといきなりなんなのよこれは⁉　決闘のときみたいで嫌な予感しかしないわよ⁉」

ジゼルやニーナさんだけでなく、ダリウスさんたちに守られたらしいカトレアさんやギムレットさんたちの声も返ってきてひとまず安堵《あんど》する。

爆風に思い切り吹き飛ばされたものの、着弾地点からそこそこ距離があったおかげでどうにか全員軽傷で済んだみたいだ。

けれど爆心地に近い場所ではそうもいかなかったらしい。

「ぐ、お……っ」

「おい大丈夫か！　しっかりしろ！」

「誰か《聖職者《プリースト》》を呼んでくれ！　手持ちのポーションじゃ足りねえ！」

「……っ！　酷《ひど》い……っ」

岩塊が打ち込まれた衝撃で、比較的身体能力の低い《レンジャー》や《盗賊《シーフ》》、《魔導師》などを中心に多数の被害が出ていた。自力では立てなくなっているほどの重傷者が何人もいて、救護に走る人々の怒号が響いている。

幸い、現時点で死者はいないようだったけど——まるで安心はできなかった。

なぜなら、

「……っ!?　なんだアレ……!?」

土煙がもうもうと立ちこめ続ける着弾地点で、異様な気配が蠢《うごめ》いていた。

「構えろてめえら!!」

感知スキルで異常を察する僕の隣でジゼルが声を張り上げる。

「私の《慢心の簒奪者《ロブリーマジック》》で主導権を奪えなかった……っ！　ありゃただの土石魔法攻撃なんかじゃねえぞ！」

叫んだジゼルの頰《ほお》を汗が滑り落ち、同じく異常を察した冒険者たちが武器を構えると同時。

土煙が晴れていき、広場に落下してきたその異物が姿を現す。

それは——全身を岩で構成された歪《いびつ》な巨人だった。

「あれって……!?」

「まさか、人造モンスター《ゴーレム》か!?」

僕が目を見開く隣でその巨体を見上げたギムレットさんが驚愕《きょうがく》したような声を漏らす。

ゴーレム。

強力な製造系《職業《クラス》》が特殊素材を加工することでしか作れないとされる魔道兵器。基本的には国の許可を得なければ製造できず、具体的な作り方の公開すら禁じられている代物だ。

国が製造を管理するだけあって、その危険度はかなりのもの。

頑丈な身体《からだ》と怪力によってあらゆる障害をなぎ倒し、高い自己再生能力は異常なタフネスを発揮する。体内で少しずつ位置を変える核を破壊しない限りは止まらないというポイズンスライムヒュドラに似た性質を持ち、契約を交わした操縦者の意のままに暴れ回るのだ。

ただ、その強さは作り手のスキルLvや素材の質に大きく左右されるとも言われている。

だからもし眼前のゴーレムが密造された粗悪品なら脅威度は比較的低い可能性も——そんな甘い考えは即座に消し飛ばされた。

——ズシンッ

「――っ⁉」

二階建ての宿よりなお巨大なゴーレムが一歩踏み出し、全身から魔力を発した瞬間。

感知スキルを全力で発動していた僕の背中からドッと汗が噴き出した。

「……っ‼　このとんでもない威圧感は……⁉」

頭をよぎるのは、つい先日交戦した危険度《リスク》7。魔術師殺し。

反則的なユニークスキルを持つシルフィの助けがあってどうにか勝てた化物の記憶。

眼前のゴーレムは危険度7にも届きうる。直感した本能が全力で警告を発していた。

それが意味する事実に僕は愕然《がくぜん》とする。

（まさか、こんな怪物が何十体も打ち込まれたっていうのか⁉　警備エリア全体に⁉）

広場が吹き飛ばされる直前に夜空を駆けた光跡からして、この外周エリアに飛来したゴーレムだけで数体。上級職パーティの集まる区画にはその倍以上。そしてエリシアさんたちがいる中心地に至っては、もはや何体打ち込まれたかわからないほどの光の塊が落下していた。

すでに警備エリアの中心地からは激しい戦闘音が響いてきており、派手な戦火があがると同時に冒険者たちが混乱するように叫ぶ。

「な、なんなんだよこりゃあ⁉　こんな化物が打ち込まれるなんざ聞いてねえぞ……⁉　怪盗セラスってのはこんなやり方すんのかよ⁉」

「いえこれは……怪盗セラスの手口ではありません……っ！」

冒険者たちの言葉をエルフのニーナさんがはっきりと否定した。

そしてそんな彼女の言葉を証明するように、その犯行声明が広場に響く。

『ほぉ、バカばかりではないようだな。まあ、もともと盗賊風情に我々の〝功績〟をなすりつけるつもりもなかったが』

「……っ!?」

ゴーレムの頭部から発せられるのは、操縦者のものとおぼしきくぐもった声。

『我々は魔神の再臨を望み、勇者の断絶を望む者。勇者の一族などという穢れた存在に与する愚か者どもよ。功名心に駆られ集まったことを後悔しながら死ぬがいい。自らを守るための警備で将来有望な若手冒険者が多数死んだとなれば、勇者の名声も地に落ちるだろう……！』

「こいつら、魔神崇拝者のクソどもか……！」

「魔神崇拝者!?　それって……!?」

エリシアさんの話に度々出てきた、理解不能の犯罪集団。

ジゼルが断定した襲撃者の正体に僕は思わず目を見開き、なんで魔神復活なんかのためにここまで!?　と疑問を抱くが――そんなことに気を取られている時間はまったくなかった。

『さあ、我らが志の贄《にえ》となるがいい！』

膨大な魔力を纏《まと》うゴーレムの巨腕が操縦者の意志に従い、問答無用とばかりに振り上げられたのだ。

「っ！　負傷者を守れ！　《身体硬化》！　《盾壁強化！》」

ゴーレムの近くにいた何十人もの近接職たちが咄嗟《とっさ》に巨大な盾を構え、離脱する怪我人《けがにん》を庇《かば》うように防御スキルを同時発動させる。

けれど、

ドッゴオオオオオオオオオオオオン！


「「「があああああああああああああっ!?」」」

「なっ!?」

魔力の込められた巨腕の一振り。

たったそれだけで何十人もの近接職が一人残らず吹き飛ばされた。

高い実力を有するはずの若手冒険者や貴族が文字通り宙を舞い、凄《すさ》まじい勢いで壁に叩きつけられる。

加えてゴーレムは気絶した人たちへ容赦なく追撃を仕掛けようとしていて——。

「まずい！」

「いかん！」

予想を超える攻撃力、そして本物の殺意に僕とギムレットさんは同時に駆け出していた。

単純な速度では未だ僕の遥か先をいく《上級瞬閃剣士》はいち早くゴーレムのもとへ辿《たど》り着き、目にも止まらぬ神速を炸裂《さくれつ》させる。

「《俊敏強化》！　《剛・剣速強化》！　上級瞬閃スキル――《一迅百手》！」

ズガガガガガガガガ！

分厚い岩盤のようなゴーレムの足に叩き込まれる無数の斬撃《ざんげき》。

瞬閃剣士の低い攻撃力を補うようにただ一箇所だけを狙う連撃の嵐。

吹き飛んだ冒険者たちにトドメを刺そうとしていたゴーレムがぐらりと傾く。

だが、

「っ！　硬い……！」

そのとんでもない連撃に対し、ゴーレムの足は大した傷を負ってはいなかった。

体勢を崩すだけの深手は確実に与えている。

けどその太い足からすれば致命的な損傷とは言いがたい。

しかも重ねて厄介なことに――ビキビキボゴォ。

まるで内側から岩が生えてくるようにして、ギムレットさんのつけた傷がまたたく間に塞《ふさ》がってしまっていた。あれがゴーレムの持つ再生能力……！

『ちっ、速度特化の上級職か！　うっとうしい！』

ぶおん！

傷を回復させるや、ゴーレムが標的を変えるように腕を薙《な》いだ。

「くっ⁉」

容赦ない一撃をギムレットさんが素早い身のこなしでどうにか避ける。

が、岩の塊にあるまじき速度で振り抜かれた巨腕はそれだけで凄《すさ》まじい風圧を生み出しギムレットさんを大きくよろめかせていた。

あれじゃあ機動力特化のギムレットさんでも一歩間違えばどうなるかわからない！

「刃がろくに通らんうえに面倒な再生能力、加えて巨体に似合わぬこの攻撃速度……！　総合力は危険度《リスク》7にも迫るか……これでは核を潰《つぶ》すどころではないな……！」

ギムレットさんが高速のヒット＆アウェイを繰り返しながら歯がみするように漏らす。

高い防御と再生力でこちらの攻撃がほぼ通用せず、反対に向こうからは一撃でも食らえばおしまいの高速攻撃が連続で飛んでくる。相性の問題もあるとはいえ、《上級瞬閃剣士》のギムレットさんがジリ貧に追い込まれるしかない敵ゴーレムの戦闘力は明らかに場違いなものだった。

なら――――！

「ギムレットさん！　そのまま攪乱《かくらん》お願いします！」

僕は先ほどから続けていた詠唱をさらに続け、身体強化も駆使しながらひた走る。

ギムレットさんに遅れてゴーレムのもとへ到着した瞬間、全身全霊をもってその魔力を解き放った。

「遅延魔法《マジックストッカー》　解放《リリース》――《スピードアウト・ブレイク》！　《ガードアウト》！」

遅延魔法で魔法をストックしつつ、並行してさらに別の魔法も詠唱する裏技。

強力な速度低下の黒い霧。

防御低下の蝕《むしば》む呪い。

両手から同時に放たれた弱体化スキルがゴーレムの巨体に直撃した。

「……!?　本当に複数《職業《クラス》》のスキルを、しかもあのような高水準で……!?」

エルフのニーナさんをはじめ、救助作業にあたっていた周囲の人々からどよめきが起こる。

けどいまはそれも耳に入らない。

「これで少しは戦いやすくなるはず！」

「さすがです我が主！」

弱体化スキルをヒットさせた僕は各種強化スキルを全力で纏《まと》い、ギムレットさんと並んで眼前の巨体に再度突っ込んだ。

が――ぶおんっ！

「「な――!?」」

僕とギムレットさんの表情が引きつる。

「速度低下の呪いが効いてない!?」

正確にはまったく速度が落ちていないわけじゃない。

けれど中級邪法スキルが直撃したにしては明らかに効きが悪く、戦況を好転させるほどの変化が見られなかったのだ。

「くっ!?　どれだけ強力なんだこのゴーレムは!?」

迫る強烈な一撃を感知スキルによる先読みでどうにか避けつつ思わず叫ぶ。

するとギムレットさんがゴーレムの攻撃を回避しながら、

「もしかすると……ゴーレムの特性やもしれません」

「特性？」

「弱体化スキルは相手のステータスに——すなわち魂に影響を与える魔法。ゴーレムにも魂はあると聞きますが、それもあくまで自立行動用の擬似的なもの。人工物に近いゴーレムには弱体化スキルの効果が薄いのやも……！」

「そんな……!?」

どこまでも凶悪な兵器に冷や汗が伝う。

けどだからといって怖じ気づくわけにはいかない。

(搦《から》め手が効かないなら——正面から叩き潰《つぶ》す！)

刹那《せつな》、アイコンタクトを交わした僕とギムレットさんが身を投じるのは即席の連携。

足下を集中的に攻撃することでゴーレムの注意を引きつけるギムレットさんに攪乱《かくらん》と牽制《けんせい》を任せ、僕はその隙《すき》に《トリプルウィンドランス》の長大な詠唱を紡ぐべくゴーレムから距離を取る——けど、そのときだった。

『……っ!?　邪法スキルを放つ子供がこの戦いについてこれるほどの身体能力を発揮するか……っ！　《上級瞬閃剣士》もいるというのに面倒な。ならば少し早いが、出し惜しみはなしだ』

「っ!?」

なんだ？

敵の圧倒的速度に対応するため全力で発動し続けていた感知スキルが妙な気配を捉えた。

ゴーレムの胴部分に不自然なほどの魔力が凝縮していく妙な感覚。

その矛先が、ゴーレムへ牽制の攻撃を打ち込み続けているギムレットさんに向けられているような気がして——嫌な予感が全身を駆け抜けた。

「……!?　ギムレットさん！　なにかくる！　いったん離れ——」

ギムレットさんがハッとしたように再加速しようとした、刹那《せつな》。

ドゴン!!

「っ!?　ぐおおおおおおおおっ!?」

「なっ⁉　ギムレットさん⁉」

「ギムレット様⁉」

凄《すさ》まじい音が響くと同時、ギムレットさんが地面に倒れ伏していた。

見れば周囲の石畳が粉々に砕け散り、ギムレットさんの足も同じくズタズタに破壊されている。高速機動はおろか立ち上がることさえできないギムレットさんのうめき声が響き、それを見た従者リラさんの悲鳴が戦場に木霊《こだま》する。

一体なにが⁉　攻撃なんてまるで見えなかったのに⁉

「なんだ⁉　ギムレット・ウォルドレアがやられた⁉」

「バカな！　あの異常な《無職》に敗北したとはいえ《上級瞬閃剣士》の実力は本物だぞ⁉

なんだあのゴーレムの兵装は⁉」

僕がギムレットさんの救援に走る傍ら、ゴーレムに挑もうとしていた貴族の人たちも愕然《がくぜん》と声を漏らす。

戦場を満たす疑問に答えるように、ゴーレムの頭部から信じがたい声が響いた。

『ちっ、全身ズタズタにしてやるつもりだったが……直撃は避けたか。だがさしもの《上級瞬閃剣士》も衝撃波より速くは動けなかったようだな』

「っ⁉　衝撃波⁉」

まさかあのゴーレム、衝撃魔法を撃ってきたのか⁉

射程の短さと引き換えに、音速に等しい速度と不可視の性質、内部浸透破壊の効果を持つ強力極まりない発展魔法属性。

ある程度Ｌｖの高い体外魔力感知スキルがあればさっきの僕のように発射のタイミングを感知できるが、それでも恐らく回避は至難。そんなものを事前情報なしで打ち込まれれば、いくらギムレットさんでも避けられるわけがない。初見殺しにもほどがあるゴーレムの兵装に戦慄《せんりつ》が走る。

「いや、いまはそれより――！」

ゴーレムの足下で重傷を負ったギムレットさんを救助するために全力でひた走る。

地面に倒れたまま「う……ぐ……クロス様……私には構わず……」とふざけた言葉を漏らすギムレットさん。絶対に助けてやると限界を超えて全身に魔力を漲《みなぎ》らせた。

けど、

『さあ、ではまず最も厄介な戦力から潰《つぶ》してやる！』

「――っ！　ぐっ、やめろおおあおおおおおっ！」

間に合わない！

攻撃を正確に察知できる優秀な感知スキルが、しかしそれだけではどうしようもない最悪の未来を僕に突きつけてきた――そのときだった。

「え――」

感知スキルが、別の未来を察知したのは。

「《巨岩落とし》――投擲《とうてき》！」

ドガアアアアアアアアアン！


『な!?』

突如、ゴーレムの頭部に僕の身の丈を超えるほどの大剣が凄《すさ》まじい速度で突き刺さる。

ギムレットさんを踏み潰そうと不安定な体勢になっていたゴーレムがその衝撃にバランスを崩して倒れ、トドメの一撃が中断された。

一体誰が!?　と大剣の飛んできた方向を見上げれば、

「ちょっと！　お兄様になんてことするのよこのデカブツ!!　覚悟はできているんでしょうね!?」

予備の大剣を投げつけてゴーレムを止めるようダリウスさんに命じたらしい貴族――カトレアさんが、崩壊を免れた建物の屋上で膨大な魔力を練り上げていた。

6

「え⁉　カトレアさん⁉」

突如高所から声を張り上げた貴族の少女に、クロスはギムレットを担ぎ上げながら驚きの声をあげていた。

いつの間にか従者を引き連れ屋上へ登っていたこともそうだが……なによりクロスを驚かせたのは、カトレアの練り上げる魔力の強大さだ。

「前より格段に強力になってる……⁉」

成長した体外魔力感知によってより鮮烈に感じるカトレアの魔力。

目を見開いたクロスがギムレットに最高級ポーションを使い半泣きの従者リラに急いで引き渡すなか、カトレアがさらに魔力を凝縮させる。

「平民の孤児連中に負けてから苦節二か月、わたくしだって成長しているのよ！　いまこそ屈辱を晴らすとき！　魔導師スキル《並行詠唱》！　《詠唱短縮》！　凝縮爆撃魔法――《ゲイボルガ・エクスプロード》二連撃ち！」

瞬間、隠れて詠唱を続けていたらしいカトレアの両手から凝縮された爆発の柱が二つ同時に迸《ほとばし》る。

ドッッゴオオオオオオオオオオオオオオン！

「うわっ!?」

轟《とどろ》く爆音。揺らめく熱波。

二発同時に撃ち出された中級爆撃魔法が体勢を崩したゴーレムを呑み込み大気を揺らす。だがその爆風は余分な破壊を生まず、内包するエネルギーのほとんどがゴーレムに叩き込まれていた。

市街地での乱戦も想定した凝縮爆撃魔法。

攻撃範囲こそ通常の爆撃魔法に比べて格段に落ちているが、そのぶん凝縮された破壊力は数倍に跳ね上がる。数ある発展属性の中でも破壊の規模と威力に秀でた爆撃魔法を一点に集中させ、さらには二発同時に打ち出したカトレアに周囲から歓声があがる。

「カトレア・リッチモンドがやったぞ!?」

「すげぇ威力だ!」

「あーっはっはっはっは!　どう!?　これで《無職》の平民に負けたなんていう汚名は返上よ返上!　お兄様もわたくしのことを見直してくれるはずだわ!」

「さすがですカトレア様!　あれではゴーレムといえどひとたまりもありませんな!」

無事に離脱したギムレットの姿を確認したカトレアが上機嫌な声をあげ、従者パブロフが勝《か》ち鬨《どき》をあげるように叫ぶ。

次の瞬間だった。

ズシンッ！


「え」

爆炎の向こうから地鳴りが響き、広場の歓声がぴたりと止まる。

『貴族の小娘が……！　やってくれたな……！』

怒りに燃える低い声。爆炎を引き裂く岩の巨体。

燃えさかる炎を振り払うようにして、ゴーレムが再び姿を現した。

無傷、とはほど遠い。

恐らくギリギリで《ゲイボルガ・エクスプロード》を防いだのだろう。

太い腕は片方が完全に消し飛び、残った腕と巨体にもヒビが入っている。

だが、それだけだ。

ゴーレムの命である核を傷つけるには至っていない。

それどころか身体《からだ》に入ったヒビはまたたく間に回復し、もげた腕も再生がはじまっている。

その絶望的な光景に、広場の冒険者たちが「「「な――――!?」」」と言葉をなくした。

「……!?　あれだけの魔法攻撃でも倒せないのか!?」

ギムレットの救助を終えていたクロスも愕然《がくぜん》と掠《かす》れた声を漏らす。

そんななか爆撃魔法を耐えられたカトレアは「ふっ」と扇子で口元を隠し、

「なるほど。攻撃の威力や速度、高い防御や再生力に加え、魔防もしっかり化物水準というわけね。さすがは危険度《リスク》7に匹敵するゴーレムといったところかしら。なら打つ手はひとつ。ダリウス！　パブロフ！」

カトレアは冷静にゴーレムの脅威を見定めるように目を細めると、

「――撤退するわよおおおおおおおおおおおおおおおおおお！」

扇子を放り投げ全力でその場から逃走を開始した。

その切り替えの早さにダリウスが「……っ。はっ、退路は確保しております」と先導し、パブロフが「よろしいので!?」と少々困惑した表情を浮かべるが、

「いまので完っ全に目を付けられたわ！　不意打ちならまだしもいまのわたくしたちであんなのと対峙《たいじ》するのは無理！　詠唱なんてもう絶対にさせてもらえないわ！　お兄様を助けられただけで十分！　このまま意地を張って戦闘を続けたら今度は聖水を無様《ぶざま》に晒《さら》すだけじゃ済まないわよ！」

ほとんど半泣きになりながらカトレアが恥も外聞も捨てて全力で叫ぶ。

ある意味で成長したその姿にクロスをはじめとした周囲の人間はしばし呆気《あっけ》にとられるが、

（いや、カトレアさんの判断は正しい！）

彼我の圧倒的な戦力差に、クロスもそう判断せざるを得なかった。

こちらの最大火力だろう爆撃魔法が不発に終わり、上級職のギムレットは戦闘不能。粉々に破壊された下半身は最高級ポーションをもってしても回復に時間がかかるようで、戦線に復帰できない状態が続いているのだ。

核を潰《つぶ》すどころか位置を知る方法もない以上、もはやまともに戦闘を続けても犠牲者が増えるだけ。

そう結論づけたのはクロスだけでない。カトレアの思い切った大逃走に触発され冷静になった周囲の者たちも同じ判断に至ったようで、

「くっ、撤退だ！　カトレア殿に続け！　残った怪我人《けがにん》を担いでいますぐ全員離脱しろ！」

警備指揮を行っていたギルド職員を筆頭に、有力貴族たちが声を張り上げる。

「この襲撃が陽動である可能性が捨てきれない以上、最上級職の面々は勇者エリシアから離れられない！　援軍はどうしても遅れる！　負傷者を守りつつ、動ける《レンジャー》を総動員してゴーレムの操縦者を探すぞ！　そう遠くにはいないはずだ！　この化物に勝つにはそれしかない！」

現状最善の指示に全員が即応する。

負傷者を担ぎ上げ、それぞれがバラバラの方向へと散開。全速力でひた走る。

だが最善の選択と最速の行動をとってなお、事態を好転させるには至らなかった。

『操縦者を探すか。ならばこちらは攻撃の優先順位を変えるまでだ』

あっという間に腕を半分以上回復させたゴーレムが、再び動きだした。

その圧倒的戦闘力が狙うのは──背を向けて逃げる《中級レンジャー》たち。

そしてレンジャーたちのなかからゴーレムが真っ先に目を付けたのは、際だって容姿の整ったエルフ──ニーナだった。

最も早くゴーレムの襲来を察知していた優秀なレンジャー。隠れ潜む操縦者に最も早く辿《たど》り着くだろう逸材。空からの襲撃時にしっかりと捕捉していたゴーレムの天敵をテロリストは見逃がさない。

『高性能の感知スキル持ち、まずは貴様から潰《つぶ》す！』

「ひ──っ!?」

ドドドドドドドッ！

誰にも止めようのない大質量の突進が地鳴りを響かせニーナに迫る。

その避けようがない死の一撃に、華奢《きゃしゃ》なエルフが為す術《すべ》なく喉《のど》を鳴らした──。

「遅延魔法《マジックストッカー》　解放《リリース》──《風雅跳躍》！」

ゴーレムがニーナをすり潰そうとした直前、風が駆け抜けた。

「よかった、今度は間に合った！」

「クロス、さん……!?」

全身に纏《まと》った風と全力の《身体能力強化》で爆発的な機動力を得たクロスが地面を駆け、半ば突き飛ばすようにしてニーナを救ったのだ。

「ニーナさん、怪我《けが》はないですか!?」

「お、おかげさまで……」

「よかった、なら早く逃げてください！　カトレアさんたちのおかげで遅延魔法を仕込む時間があったから助けられたけど……もう次はない！」

クロスはニーナに背を向けるようにして剣を構えた。

鋭い視線の先にいるのは、ニーナへの突進を外した勢いのままレンガ造りの建物を吹き飛ばし、いままた立ち上がろうとしている巨岩の怪物。

そこから一歩も引こうとしないクロスに、ニーナがぎょっと目を見開く。

「逃げてって……あなたは!?」

「ここで全員が背を向けたら何人殺されるかわからない！」

クロスは端的に叫ぶ。

ダンジョンと違い、ここは冒険者の聖地のど真ん中。

保有戦力は警備に参加した者たちだけではないし、エリシアたち最上級職もこんな相手には負けないだろう。いざとなればS級冒険者と呼ばれる規格外の怪物たちも控えており、少し持ちこたえていれば異変を察知した戦力がすぐ助けに来てくれることは間違いなかった。そうでなくとも、少し時間があれば誰かがゴーレムの操縦者を見つけ出してこの暴挙を止めてくれるかもしれない。だが、

（その「少し」の間に、一体何人が犠牲になる!?　全員がこいつに背を向けたほんの数瞬で！）

ゴーレムから逃げているのが万全の近接戦闘職ばかりならまだ芽はあった。

だがこの場には身体能力の比較的低いニーナのような《中級レンジャー》や、怪我《けが》をして動けない者、怪我人を背負って動きの鈍った者が大量にいる。

それこそ先ほどのギムレットのように一瞬で命を刈り取られかねない者たちが。

狙いが集中しないよう全員が分散して逃げてなお、どれだけの犠牲が出るかわからないのだ。

だから！

「僕はここであいつを引き留める!!」

「なっ!?　無茶ですよ！　もう上級職のギムレットさんもいないんですよ!?」

ニーナが目を見開いて叫ぶ。しかしクロスは止まらない。

切羽詰まった表情に余裕はゼロ。勝機は皆無。

それでも一切の躊躇《ちゅうちょ》なく、少年は遥か格上の戦闘兵器へ突っ込んだ。

『英雄気取りのバカが！　足止めだと!?　奇妙なスキル構成をしているようだが《上級瞬閃剣

士》も潰《つぶ》したいま、貴様などただの羽虫にすぎん！』

操縦者が声を張り上げ、その意を汲んだゴーレムの巨腕がクロスに迫る。

広範囲、かつ凄《すさ》まじい速度の強力な一撃だ。

だが、

「《中級体外魔力感知》！　《中級気配感知》！」

二つの感知スキルを併用した《無職》は必殺の広範囲攻撃をかろうじてかい潜る。

先ほどの《スピードアウト・ブレイク》で僅かに速度が下がっていることもあり、強烈な風圧がクロスをなぶるだけで済んでいた。

『上手く避けたな。だが避けるだけでなにをどう足止めするつもりだ？』

羽虫に付き合う必要など微塵《みじん》もないとばかりに、巨岩の怪物がニーナたちのいる方角へと驀進を開始する。進路上に立ち塞《ふさ》がるクロスめがけて巨腕を振りあげ、少年を吹き飛ばしながら進むべく拳《こぶし》を振り抜いた。

防御などもってのほか。回避はすなわちニーナたちの死を意味する最悪の二者択一。

だから――その刹那《せつな》、

「遅延魔法《マジックストッカー》　解放《リリース》――」

ニーナを助けた際に仕込んでおいた、《風雅跳躍》よりもさらに短い異形の詠唱。

この世で少年だけしか使えないスキルが解き放たれた。

「異形宝剣《エラーヴェアトロス》──〝二重《ダブル》〟イージスショット!!」

使用スキルに応じて姿と性能を変える〝無価値の宝剣〟ヴェアトロスが唸りをあげる。

異形のカウンタースキルに呼応して禍々《まがまが》しい棍棒《こんぼう》のような姿に変わると同時、その宝剣から放たれたのは凝縮された二つの黒線。

ビッ。宙を駆ける禍々しい黒の糸によってゴーレムの巨腕に黒点が刻まれた。

次の瞬間──ドゴオオオオン!!

爆撃魔法以外ではろくに傷つくこともなかった堅牢な巨腕が、《無職》の少年の一撃《カウンター》によって完膚なきまでに粉砕された。

決して砕けることのない鋼鉄が、陶器かなにかに変じたかのように！

「『な──!?』」

あり得ない光景に、ニーナはもちろんゴーレムの操縦者からも驚愕《きようがく》の声が上がる。

そんな操縦者を睨《にら》み付けるように、異形の一撃を放った少年がゴーレムへ鋭い目を向けた。

「いいのか？　本当に僕を無視して」

『……っ！』

あからさまな挑発。だが、

『得体の知れんガキが……！　まずは貴様から潰《つぶ》す！』

──かかった！

完全に標的を自分へと切り替えたゴーレムにクロスが荒々しい笑みを浮かべる。

（腕を落とされたくらいじゃゴーレムには大した痛手じゃないし、イージスショットも格上相手にそう連発できるものじゃない。けど向こうからしたらそんなことはわからない。腕を砕くほどの火力がいつ飛んでくるかわからない状況を無視できるはずがない！）

そうなれば敵の狙いは自分に集中する。

せざるをえない。

あとは眼前の怪物兵器を前に自分がどれだけ戦い抜けるか——とクロスがショートソードの姿に戻ったヴェアトロスを握り直した直後、

『貴様などに時間をかけていられるか！　消えろ！』

「っ！」

全力発動を続けている感知スキルが再びその異常を捉えた。

衝撃波を放つ直前の魔力の凝縮。それが限界まで高まり、ゴーレムの胴からクロスめがけて発射されようとしている——だが、

「いまだジゼル！」

「《慢心の簒奪者《ロブリーマジック》》！」

ドゴン！

『なんだと⁉』

クロスの合図に呼応し発動したユニークスキルが衝撃波を跳ね返し、ゴーレムの胴に大きな亀裂が生じさせる。操縦者が愕然《がくぜん》とした声を漏らすなか、ユニークスキルの持ち主が舌を鳴らす。

「ちっ、発射口の近くに核はなかったか。だがあの反則兵装を封じれりゃ十分。ギムレットのときは初見殺しに対応できなかったが、発動のタイミングさえわかりゃこっちのもんだ！」

いずれかの建物に身を潜めたジゼルがさらに位置を変えながら声を張り上げる。

「おいデカ乳エルフ！　てめえも倒れてるやつ連れてとっとと逃げろ！　クロス《あのバカ》はああなったら聞きゃしねぇ！」

「……っ」

ジゼルの言葉にニーナが駆け出し、クロスもまた怯《ひる》んだゴーレム目がけて再び突っ込む。

『くっ、まさか衝撃波を跳ね返せる者がいるとは……っ！　だが、それでもこちらの優位は一切揺るがん！』

「――っ!!」

操縦者が叫ぶと同時、ゴーレムが全力の大暴れをはじめた。

回復しかけの腕を構わず振り回し地団駄を踏みまくる。癇癪《かんしゃく》を起こした子供のような動作すべてが一撃必殺の広範囲高速攻撃と化していた。竜巻を彷彿とさせる連撃をクロスは感知スキルによって察知。《緊急回避》も連発。薄皮一枚で捌《さば》いていく。

だが、

「ぐ、うううぅ!?」

最早欠片《かけら》の油断もない巨像の連撃にクロスの表情が大きく歪《ゆが》む。

回避しても暴風が身体《からだ》を揺らし、かすめるだけで吹き飛ばされる強烈な攻撃が間断なく繰り返される。攻撃速度そのものは《魔術師殺し》に劣るものの、巨体から繰り出される攻撃範囲の広さが回避を困難にしていた。

ギムレットの攪乱《かくらん》を失ったいま、攻防には明らかな無理が生じている。

長大な詠唱を必要とする《重傷自動回復》はおろか、手持ちのポーションを飲む余裕すらない。衝撃波を封じてある程度はやりあえているが、時間稼ぎを優先した回避重視の立ち回りを意識してなおクロスの身体はどんどん傷ついていく。

「クロス……!」

衝撃波に備えて身を潜めるジゼルが歯がみするほどの劣勢。

明らかな実力不足。

一矢報いることができたのは先のイージスショットだけ。

しかし、しかしそれでも！

『はっ、こちらが本気を出せば反撃の余裕もないようだな！　貴様を潰《つぶ》したあとは逃げる者どもを皆殺しだ！　感知に秀でたあのエルフや、衝撃波を封じている何者かを最優先でな！』

「……っ！　やらせるかああああああああ！」

向けられた悪意に一切怯《ひる》まず、逆に闘志を滾《たぎ》らせる。

迫る攻撃を真正面から見据え、絶対に誰も殺させないとギリギリの攻防に魔力をつぎ込み、極限の集中状態で吼え続けた。

その瞬間、

「――っ！」

クロスに向けられた岩の巨拳が、かすりさえせず連続で宙を切る。

男がぎょっとしたように声をあげるが――それは違う。

『……っ!?　偶然か!?』

《中級気配感知Lv14》→《中級気配感知Lv16》

《中級体外魔力感知Lv14》→《中級体外魔力感知Lv16》

――相手の動きが視える！　さっきよりも鮮明に！

極限の集中状態によって飛躍したスキルの効果。クロスはさらに動きの精度を上げる。

さすがにすべての攻撃を完全回避するには至らない。

だが怪我《けが》が増えているにもかかわらず数秒前より確実にキレを増したその回避に、優勢を確信していた魔神崇拝者の口から動揺が漏れた。

『なんだ⁉　身体能力強化の重ね掛け⁉　いやこの動きはまさか――』

「感知スキルのＬｖが上がってる⁉　それも一気に……⁉」

戦場から離れ怪我人をほかの近接職へと渡していたニーナも目を見開く。

《無職》の少年がスキルの飛躍によって獲得した力は回避能力の向上だけではない。

「アレ、は……まさか……ゴーレムの核……⁉」

呼吸さえギリギリの攻防のなか、成長したクロスの感知スキルが微《かす》かにその光を捉える。

ゴーレムの体内で少しずつ位置を変える魔力の中心を。

「……！　おおおおおおおおおっ！」

回避能力が上がったとはいえ、このままではいつジリ貧で負けるかわからない極限の戦闘。

加えてほかの戦場でもいつ犠牲者が出るかわからない状況となれば、現状の最善はゴーレムの討伐。

スキルによって生じた『全員を確実に守る選択肢』に、クロスは迷うことなく飛び込んだ。

『っ⁉　その動き、まさかゴーレムの核まで視《み》えているのか⁉』

ゴーレムを操る男がいよいよ恐怖に近い感情とともに強引な一撃を叩き込む。

だが飛躍したクロスは止まらない。

必殺の拳《こぶし》がかすり、頬《ほお》が裂け骨にヒビが入ろうと、瞬きひとつせず突き進む。

そうして巨大な拳《こぶし》を乗り越え懐に飛び込んだ先にあるのは、胴の中心で光る魔力の輝き。

「遅延魔法《マジックストッカー》　解放《リリース》！　イージスショ――」

ギリギリの攻防の中でどうにか紡いだその短文詠唱を解放しようとした、そのときだった。

全力を注いでようやく微《かす》かに察知できる敵の弱点と攻撃回避にだけ集中していたクロスのスキルが、数瞬遅れて異様な気配を捉えた。

「っ!!」

ボロボロだった少年の全身に悪寒が走る、刹那《せつな》。

『――残念だったな』

瞬間、ゴーレムの巨体から無数の腕が飛び出してきた。

ひとつひとつがクロスの胴体ほどの太さがある岩の巨腕。

稼働時間と引き換えに放たれるゴーレムの切り札。隠し武器。

格を守るための最終防衛機能がクロスを取り囲むように生え、一斉にその怪力を振るった。

「やべえ！　避けろクロス！」

ジゼルが悲鳴をあげ、クロスが目を見開く。

だが、

――ダメだ、ここで回避に切り替えても確実に致命的な一撃を食らう！　そうなればどのみち終わり。僕も含めて結局は何人も犠牲になる！　だったら――っ、

「突っ込むしかないだろうがあああああああああ！」

たとえ相打ちになろうとも！

避難するみんなを守るために！　この兵器を止めるために！

「ジゼルやニーナさんを守るために!!」

『こいつ……!?』

それは、いつか街を襲った危険度《リスク》9の核を破壊したときのリフレイン。

クロスは自分から攻撃に飛び込むような勢いで踏み込み、自らの命さえ度外視した渾身《こんしん》の一撃を叩き込もうと迷わず剣を振りかぶる。

「バ――ッ！　クロス!!」

その無謀にジゼルが悲鳴を漏らし、相打ちを覚悟した少年の全身に岩の拳が叩き込まれようとした――そのときだった。

トクン。

「え――」

走馬灯さえ頭に巡る極限の集中状態の中、クロスはなにかが大きく脈打つような気配を感じとる。

「――見つけた」

クロスの耳元で陶然としたような声が響いた。次の瞬間。

ゴバッ！

いままさにクロスを叩き殺そうとしていたゴーレムが、バラバラになって崩れ落ちた。

7

「『……っ!?　は!?』」

ゴーレムの操縦者を含め、その場にいた全員が間の抜けた声を漏らしていた。

突如、ゴーレムの複腕や四肢がすべて切り刻まれ、さらには核が一突きで破壊されていたのだ。

「え……!?　な、なに!?　なんで!?」

完全に動きを停止し、ついには操縦者との通信も切れてただの岩塊と化したゴーレムにクロスが酷《ひど》く混乱した声を漏らす。

そんな少年の視界にさらに意味のわからない光景が映り込んだ。

崩れ落ちたゴーレムのうえに、エルフのニーナが立っていたのだ。

先ほどまでクロスの遥か後方で怪我人《けがにん》を運びながら避難していたはずの少女が、まるで瞬間移動でもしたかのように。

その手にはどこから持ってきたのかステッキ状の仕込み刀が握られており、ニーナは明らかに慣れた手つきで剣を鞘《さや》に収めながら口を開いた。

「素晴らしい」

「……!?」

それは、先ほどまでクロスと会話していたエルフの少女とはまるで違う声だった。

「シーフスキルを中心に各《職業《クラス》》のスキルを使いこなし、戦闘中に飛躍的な成長を遂げ、未知のスキルまで使う将来性。素直で素朴な人柄。なにより……ふふ、ボクとしたことが。必死に戦う君の背中にどうしようもなく心を揺さぶられてしまったよ少年。まさかこのボクがレベル０の《無職》を育てたくなってしまうなんてね」

陶然と謳《うた》うように紡がれる言葉。

上機嫌な声が熱を増していくと同時、「エルフの少女ニーナ」が姿を変えていく。

変身スキルを解除した緑の長髪は肩の辺りで切りそろえられた黒に近い青に。肉感的な体つきはすらりと引き締まった四肢に。素朴な貫頭衣は黒のタキシードへ。柔らかな少女の顔つきは不敵な笑みを浮かべる絶世の美女へ。

頭髪と同じ色をした猫の耳と尻尾が突如として生え、機嫌良く揺れている。どこからか現れたシルクハットを優雅にかぶりながら、ニーナ「だった」その若き美女はさらに言葉を続けた。

「どこの戦場も死人が出そうにないくらい奮闘していたから少し様子見をしていたんだけどね……本当にまさかだったよ。今日の騒ぎはあくまで下見のつもりだったというのに。偶然配属されたパーティで〝アルメリアの至宝〟といきなり巡り会えるなんて、これはもう運命としか言いようがない」

「……っ!? ……っ!? な、え、あ、あなたは一体……!? ゴーレムをどうやって!? いつの間に!? いやそれより、ニーナさんは一体どこに!?」

「ああ、本当の自己紹介がまだだったね」

突如出現した猫獣人の女性はあまりの衝撃と混乱に頭の回っていないクロスへ愛おしげな笑みを向けると、夜空へ浮かぶ満月を背に自らの正体を告げた。

「ボクはセラス・フォスキーア。世間では怪盗で通っているけど、正確には頂点職《大怪盗《ファントムシーフ》》に至ったしがない盗賊だよ。ニーナは《大怪盗《ファントムシーフ》》の変身スキルで作った仮初《かりそ》めの姿なんだ」

「か、怪盗セラス……っ!? え、本物!? 頂点職!? というか、ニーナさんが仮初め……!?」

情報の洪水にクロスの混乱はさらに加速する。

だが、

「ほら、これが証拠さ」

「な……⁉」

怪盗セラスを名乗る眼前の女性がかざしたニーナのステータスプレート――教会でしか作れず偽造不能と言われるマジックアイテムが目の前でセラス・フォスキーアのものへと書き換わるのを見て、強制的に現実を突きつけられる。ステータスプレートの書き換えなどにわかには信じがたい。が、でなければこの警備エリアに身分を偽って侵入するなど不可能だ。

加えて、変わった格好をした猫獣人という彼女の外見は噂《うわさ》に聞く怪盗セラスの容貌と完全に一致していて……。

「ほ、本当に本物の怪盗セラス……⁉　いやでも、だったらなんでこんな場所に⁉　狙いはエリシアさんのはずじゃあ……⁉」

「それは皆が勝手に勘違いしただけさ。ボクが一度でも勇者エリシアを攫《さら》うと予告したかい？」

「え？」

「ボクの狙いは〝アルメリアの至宝〟。それはこの大陸で最も価値のある若手冒険者のことさ。つまり君だよ少年」

「はいっ⁉」

意味不明なセラスの言葉にいよいよクロスは絶句する。

そんなクロスを見て愛おしげに目を細めながら、セラスはさらに言葉を紡いだ。

「ふふ。やはり可愛《かわい》いね君は。是非とも手元においてボク好みに育ててあげたい。さあ、ボクと一緒にこの美しい夜空へ羽ばたこうじゃないか。そうすればボクの持つ秘宝と技術のすべてをもって、君を世界最強クラスの男へ磨き上げると約束しよう」

「ふぇ!?」

物音ひとつ立てず一瞬で眼前に出現し愛おしげに頬《ほお》を撫《な》でてきたセラスに、クロスは顔を真っ赤にして悲鳴をあげる。キスでもされるのではないかという距離で見つめてくる絶世の美貌《びぼう》に、柔らかい指、甘い息。さらには世間を騒がす怪盗からの謎《なぞ》すぎる勧誘に混乱は加速しっぱなしだ。だがどうやら目の前の美女から弟子入り（？）を打診されているのは確かなようで、

「え、い、いやあの、実は僕、もうすでに師匠が三人いまして！　だからその、とてもありがたいんですけどそのお誘いには応えられないというか……!?」

「……っ」

混乱しながらもクロスははっきりとそう口にする。するとそれまで不敵な笑みを崩さなかったセラスがほんの少し目を見開き、

「……なるほど。スキルはもとより戦い方にも複数人の筋が見え隠れするとは思っていたけど、やはりすでに師がいたのか。それも複数。ふむ、困ったね。解放を望まない宝石を強引に攫う趣味はないのだけど……ああ、ならこうしよう」

セラスは妙案を閃《ひらめ》いたとばかりに不敵な笑みを浮かべる。

「少年、君は今日から二週間だけボクのアジトで一緒に過ごすんだ。正式な返事はそのあと聞かせてもらおう。ともに過ごす二週間で君の身体《からだ》だけじゃなく……心も盗んでみせるから」

「うぇ!?」

あまりに無茶苦茶な提案。さらにはその細い指で顎《あご》を持ち上げられるという妙に恥ずかしい体勢に、耳の先まで顔を赤くしたクロスの口からまたしても悲鳴が漏れる。

え、ちょっ、本気で言ってる!? とクロスがドキドキと心臓を跳ねさせていたそのとき、背後からドスの効いた声が響いた。

「ちょ、ちょっと待ちやがれてめえ！」

ジゼルだ。

あまりにもいきなりすぎる怪盗セラスの登場にそれまでクロスと同じかそれ以上に混乱していたのだが、目の前の美女がクロスを攫《さら》うなどと言い出したために慌てて飛び出してきたのだ。

「さっきから聞いてりゃなに好き勝手言ってやがんだ!? そのバカ連れてく!? ふざけんじゃねえ！ んなこと許すと思ってんのか!?」

バスターソードを振り上げ、それ以上なにかやったら殺すとばかりに魔力を練り上げる。

だが――ジゼルの威嚇《いかく》はむしろ逆効果だった。

「おや、さすがはボクが目を付けたお宝だ。厄介なガードがついてるみたいだね。攫ってしまう前に少年の合意が得られるようもう少し丁寧に口説いておきたかったのだけど……増援を呼ばれても面倒だ。さっさとお暇《いとま》しようか」

「うわっ⁉」

言って、セラスは軽々とクロスを抱き上げた。

いわゆるお姫様抱っこである。

先ほど顎を持ち上げられたときよりさらに恥ずかしい状況にクロスは顔を赤くしながら反射的に身をよじる――がびくともしない。

盗賊職とは思えない腕力にクロスが驚愕《きょうがく》するなか、セラスは「ああ、そうそう」と思い出したように呟《つぶや》き、

「お暇する前に、ボクのこいび――弟子探しで街を騒がせてしまったぶん、最低限のお詫《わ》びはしておこう。無粋な便乗犯にはボクもうんざりしていたしね」

「え――」

瞬間――びゅん！

セラスに抱き抱えられていたクロスの視界が数十秒、ぶれた。

かと思えば再びジゼルのいる広場が目に入るのだが――、

「「えっ⁉」」

クロスとジゼルの口から同じ驚愕の声が漏れた。

なぜなら先ほどまでなにもなかったその場所に、完全に意識を失った怪しい男たちが積み上げられていたからだ。

かと思えば周囲で響いていた激しい戦闘音がぶつりと途切れ、

「お、おいゴーレムが突然ぶっ壊れたぞ!?」

「なんだ!? なにかの罠《わな》か!?」

「あ!? 大怪我《おおけが》してた連中がいきなり高級ポーションぶっかけられたみてえに回復してる!?」

いきなり静かになった夜の街に困惑の声がいくつも響く。

さらにはクロスたちの眼前で拘束され積み上げられた怪しい男たちの手にはゴーレムを操っていたおぼしき水晶（破壊済み）があって……。

「よし、こんなところかな。英雄血統や最上級職たちの戦場は時間稼ぎ特化の敵に手間取ってるだけみたいだし、ほかに怪しい気配もない。このくらい掃除しておけば十分だろう」

(!? この人、まさかあの一瞬で隠れてた魔神崇拝者を探して倒してこの場に運んだの!? 残りのゴーレムも倒して、怪我人の治療までやって!?)

それも僕を抱えたまま、風圧もなにも感じさせない静けさで!?

ならこの人は本当に頂点の力を――しかも速度と探知能力に限れば師匠たち以上の力を持っていることになる。

決して抗えない力量差を目の当たりにしたクロスが愕然《がくぜん》と目を見開くなか、

「ふふ、それじゃあ予告通り〝アルメリアの至宝〟はいただいていくよ。この二週間で、必ずボクのモノにしてみせる」

「え、ちょ、あの、それホントの本気で言って――えええええええええええええええっ⁉」

「ちょっ、マジか⁉　クロス――――⁉」

アルメリアの至宝はいただいた（仮）。

そんなふざけたメッセージカードと「わああああっ⁉　師匠――っ⁉　ジゼル――⁉」という悲鳴を残し、クロス・アラカルトは夜の闇《やみ》へと姿を消してしまうのだった。

怪盗セラス《絶世の美女》に抱えられ、誰の目にもとまらぬ圧倒的スピードで。

第二章　原石磨く二週間

1

「なんかやけに騒がしくねえか？」

愛弟子《まなでし》が警備任務へと出かけていってしばらくしたころ。

広大な屋敷で次の修行の準備やスキルの鍛錬を行っていたS級冒険者たちは、遠くから聞こえてきた微《かす》かな戦闘音に手を止めた。

「まだ満月が登り切るには早いが。怪盗セラスとやらがもう現れたのか？」

「それにしてはちょっと戦闘が激しすぎる気がするけど〜」

リオーネ、リュドミラ、テロメアの三人は音のする方角へ訝《いぶか》しげな視線を向ける。

そうこうしているうちに戦闘音はすぐにおさまり夜の静けさが戻ってくるのだが……なんだか少し嫌な予感がした。

戦闘の起こっていた範囲が妙に広い気がしたのだ。

S級冒険者が磨き抜いた感知スキルの精度は共通スキルの域を超えた人外のものではある

が、さすがに感知範囲まではベテランレンジャーなどの本職には及ばない。そのため聞こえてきた戦闘の詳細までは不明なのだが、それでも無視できない違和感があった。

「……ちょっと様子見に行ってみるか」

クロスのことが心配になりリオーネが漏らす。

街中での警備依頼、それも大して重要な配置でもない仕事にそこまでするのは過保護を通り超してストーカーじみている気がしないでもないが……冒険者の直感というやつだ。

決してクロスがまた周囲の女を無自覚に魅了していないか心配になったとか、いくら念入りに口頭注意したとはいえシルフィの一件が頭をよぎって落ち着かないとかそういうわけではなく。三人は胸のざわつきに従い戦闘音のした警備区域へと飛び出していった。

その直後である。

「はぁ、はぁ、クソ！　なにが二週間だけだ！　信用できるかあんな犯罪者の言葉……っ！」

「ん？　あいつは……」

眼下、警備区域近くの街路を必死の形相で走る影があった。

かつて愛弟子をリンチしてくれたクソガキ、ジゼル・ストリングだ。

しかしなにかがおかしい。

あのクソガキはいまクロスと一緒に警備に参加しているはず。それがなぜ自分たちの住む屋敷の方角へ走っているのか。しかもあんなに切羽詰まった泣きそうな表情で。

「「「……っ」」」

途端、三人のS級冒険者たちは慌ててジゼルの前に着地した。

先ほど抱いた「嫌な予感」が急速に輪郭を帯び、リオーネが声を荒らげる。

「おいクソガキ、てめえクロスと警備任務を受けてたんじゃねえのか！」

「ひっ⁉」

かつてやさしーくなごやかーに事情聴取してきた相手がいきなり眼前に出現したことで、ジゼルがらしくない悲鳴をあげる。だがすぐに「ちょ、ちょうどよかった！」と勇気を振り絞るようにまくし立てる。

「いまあんたらの屋敷に行こうとしてたんだ！　クロスが、クロスのやつが……っ」

「「「っ」」」

ジゼルの尋常ではない様子に「やはりなにかあったか……！」と三人が表情を固くする。

いやだが、以前のロックリザード事件のように遠方の深い森で起きた出来事というわけでもない。仮にクロスが致命傷を負っていようとすぐに助けられる。

三人はそう自分を落ち着かせつつ冷静に事情を聞こうとした。が、

「クロスのやつが怪盗セラスに攫《さら》われやがった！」

「「「……は？」」」

あまりに想定外すぎるジゼルの言葉に歴戦のS級冒険者たちが完全停止する。

意味を理解するのに数秒を要したあと、

「ちょっ、攫われたってどういうことだテメェ!?　なにがどうしたらそうなんだ!?」

「狙いは勇者の末裔《まつえい》って話だったよね～!?　どこに!?　どこに攫われたの～!?」

「ひぎっ!?」

血相を変えて膨大な魔力と殺気をまき散らすS級冒険者二人にガクガクと揺さぶられ、ジゼルがほとんど気絶しかける。

「お、落ち着け二人とも……!」

と、そんな二人を諫《いさ》める声が響いた。リュドミラだ。

「ロックリザード・ウォーリアーの一件以来、クロスには離れていても正確に居場所を知ることのできるマジックアイテムを秘密裏に持たせているだろう。これを使えば行方を追うことなど造作もない」

言ってハイエルフのS級冒険者が膨大な魔力で起動させたのは小さな水晶だ。

第三者はもちろん、こっそり持たされたクロス本人でさえほぼ存在を認識できない特殊魔道具の現在位置が水晶に表示される。

「は……?」

水晶がすぐ近くを指していることに気づいてリュドミラが首を捻《ひね》った。

見れば水晶が示した路地裏には妙なカードと赤いバラが落ちていて……。

『これはいらない』

そんなメッセージとともに、クロスに持たせていたはずの位置特定魔道具が捨てられていた。

瞬間、

「クロス――――――――――――っ！」

顔面蒼白となったリュドミラが暴風をまき散らしながら夜空へ飛翔。

「おいクソガキ！　そのふざけた女どっちの方角に逃げやがった！」

「な、南東の空に――」

「探し出して二度とこんなことができないよう念入りにぶっ殺さないとだよ～!!」

ジゼルから必要な情報を聞き出したリオーネとテロメアも爆風を残して夜の空へと飛び出していくのだった。

愛弟子《まなでし》をなんとしても救い出し、ふざけた真似をしてくれた犯罪者を血祭りに上げるために。

＊

「一体なにがどうなっているんだこれは……」

足止めに特化した敵を極めて短時間で突破しゴーレムの対処に飛び出したサリエラ学長たち最上級職の面々は、酷《ひど》く混乱していた。

なにせ強力なゴーレムたちが一体残らず破壊されていたうえに、犠牲者らしい犠牲者も出ていなかったからだ。なんなら怪我人《けがにん》全員が突如ポーションまみれになったという怪現象によって重傷者さえほぼ0である。

さらには魔神崇拝者とおぼしき連中が外周エリアで山積みになっているという信じがたい光景まで広がっており、怪盗セラスが現れないまま予告の時間がすぎてなお現場ではそこそこの混乱が続いていた。そんななか、

「……よかった。私なんかのために犠牲が出なくて」

渦中の人物であるエリシアは穏やかな声音で小さく呟《つぶや》いていた。

昔から命を狙われることが当たり前だった勇者の末裔《まつえい》エリシアにとって、誘拐予告などよくある年中行事のようなもの。身柄を狙われていることより、大げさな警備やなにやらで周囲に迷惑がかかることのほうがよほど気がかりだったのだ。なのでゴーレム襲来時こそ逼迫《ひっぱく》した表情を浮かべていた彼女だったが、犠牲者0とわかってからは肩の荷が下りたようにほっとしていた。

なにやら不可解な出来事が相次いでいることもあり周囲は怪盗セラスの時間差襲撃などを警戒しているが……エリシアからすればすでに緊張するような状況ではなくなっていたのだ。

なんならいま憂鬱《ゆううつ》なのは怪盗セラスが自分を攫《さら》いにくるかどうかではなく、この厳重な警備がまだしばらく続くだろうことで。

「……少なくともあと数日……下手したらもっと長いかもしれないわね……」

ただでさえ二週間前に少し話をしたくらいで、あの子とは長いこと大した時間がとれていないのに。とエリシアが無意識に一人の少年の顔を思い浮かべていたそのときだった。

「は!?　なんだそれは確かなのか!?」

「え、ええ、何度も確認したのですが、どうも嘘《うそ》でも事実誤認というわけでもなさそうで……」

細かい被害報告を受けていたサリエラ学長が今日一番焦ったような声を漏らす。その様子にさしものエリシアも「どうしたのかしら……？」と顔を向ければサリエラは動転したように、

「なぜそうなる!?　確かにあの子も最近は色々と騒ぎの中心にいて目立ってはいたが……なぜクロスが怪盗セラスに攫われるのだ!?」

「………………………………………………え？」

ガシャーン！

いつもの習慣で手入れしていた二本のサーベルを地面に落として。

周囲のぎょっとするような視線を集めていることにも気づかず、エリシアはしばらくその場

で放心し続けるのだった。

2

そこはリオーネさんたちが僕に与えてくれた部屋と同じくらいに広い一室だった。まるでお姫様のために用意されたようなふかふかのベッドといくつかの棚が置かれた簡素な部屋。窓から差し込む月の光が淡く室内を照らし、どこからか虫の音が響く。

夜の静寂が満ちるその一室で、装備を確認した僕は小さく息を吐いた。

「よし、いまだ……っ！」

全力の《中級気配感知》と《中級体外魔力感知》で周囲に誰もいないことを確認。《中級気配遮断》で自分の存在を虚空に紛れ込ませ、静かにドアを開く。

息を潜めて廊下の様子を窺《うかが》い視覚でも人がいないことを確認すると、僕は心臓をバクバクと跳ねさせながらその建物――怪盗セラスのアジトから脱出すべく移動を開始していた。

怪盗セラスを名乗る絶世の美女に攫《さら》われた昨日の夜。

『よく見ればボロボロだね少年。休んだほうがいい。ほら、身体《からだ》の回復と睡眠を促す秘薬だ』

と、ポーション（?）を飲まされた途端、僕は急激な眠気に襲われセラスさんの腕の中で寝落ち。夕方に目が覚めたときにはすでにあの部屋で寝かされていて、自分が本当に攫われてしまったことに気づいたのだった。

そして当然、目が覚めた以上は大人しくしている道理なんてないわけで。

幸い、ポーションのおかげで身体は本当に全快していたし拘束もされていなかったため、僕はいまあるスキルのすべてを活用して帰り道を探っていた。

しばらく廊下を進んだ先で、大きな窓から外の光景が目に入る。

「本当に、どこなんだろうここ……」

眼下に広がるのは、どこまでも続く茫洋《ぼうよう》とした平地。

このアジトは荒野のど真ん中に生える巨木のひとつをくりぬいて作られたものらしく、かなりの高さにあるため遠くまでよく見渡すことができる。見える範囲にはずっと荒野が広がっていて、もしここを脱出してもどこを目指せばいいのかさえわからないほどだった。

そもそもここが大陸のどのあたりに位置するかもよくわからない。

「それでも、とにかく早くここを出ないと……っ」

と、僕は改めて各種スキルを全開にして廊下を進んでいったのだけど……、

「いいよ少年、前より確実に《気配遮断》が洗練されている。けど各種感知スキルに比べるとまだまだ荒いかな」

「っ!?　うわあああああああああっ!?」

突如耳元で囁《ささや》かれた甘い声に、僕は悲鳴を上げてその場から飛《と》び退《の》いていた。

本当に、本当にいつの間にか。絶対に近くにいなかったはずの場所に僕を攫《さら》った張本人――セラスさんがいたのだ。リオーネさんたちと同等の美貌《びぼう》がいきなり耳をくすぐるほど近くに出現したこともあわせ、心臓が爆発するように跳ねる。

セラスさんはそんな僕を見てくすくすと面白そうに目を細めながら、

「その激しい吐息も跳ねる心臓の音も可愛《かわい》らしいけれど、それじゃあ居場所が丸わかりだ。落ち着いて少年。鏡のように穏やかな水面を思い浮かべて、自分を空気に溶け込ませるように魔力を落とすんだ。こんなふうに」

「っ!?」

瞬間、セラスさんの輪郭が急激にぼやけ、その存在があやふやになる。

相手の視界に入っていると気配遮断系のスキルはほとんど役に立たない、なんて常識を覆すような存在感の薄さに面食らっていると、

「するとほら、こうされるまで気づかない」

「うひぇ!?」

またしてもいつの間にか僕の背後に出現していたセラスさんに優しく抱きしめられ僕の口から悲鳴が漏れる。手袋に包まれた細い指が僕の首筋を優しく撫《な》で、ぞわぞわと背筋を走る感覚に僕は思わず顔を赤くして叫んでいた。

「ま、遅延魔法《マジックストッカー》　解放《リリース》――《風雅跳躍》！」

「おっと」

逃走に際しあらかじめ準備しておいた《遅延魔法》。

ノータイムで僕の身体《からだ》を覆った強力な風によりセラスさんの腕を振り払い、一気に廊下を駆け抜ける。

「見つかっちゃったならもうここそ動く必要も……ない！」

身体能力強化も使って窓を粉砕。建物の外へ身を躍らせる。

先ほど窓から確認した通りもの凄《すご》い高さだ。けど《風雅跳躍》を応用して勢いを殺しつつ手近な枝に着地すればどうにかなるはず、なんて考えていたのだけど――。

「こらこら危ないよ」

「うわっ!?」

当たり前のように、僕は空中でセラスさんに首根っこを摑《つか》まれていた。

「ここは大陸東の不毛荒野。周囲の栄養を吸い尽くす巨木たちのせいで資源のない荒れ地が広がっていてね。いるのは地中に潜むモンスターくらいで、人はほとんど近寄らない場所なんだ。少年ならそう簡単にやられはしないだろうけど、仮にここを脱出できても人里に辿《たど》り着く前に力尽きてしまうよ。……という説明も、もう三回目くらいだったかな？」

「は、離してください！」

《風雅跳躍》の出力もあげて再び抵抗するのだけど……無駄だった。

どれだけじたばたもがいても、セラスさんがこちらの動きにあわせて腕を軽く動かすだけですべての勢いを殺されるのだ。それはまさしく親猫に咥《くわ》えられた子猫そのもの。

そんな僕を見てセラスさんが小さく息を漏らす。

「まったく。そんな必死にボクから逃げ続けて。傷つくじゃないか」

「と、当然じゃないですか！」

僕を建物の中に連れ戻したセラスさんに叫ぶ。

正直、セラスさんはゴーレムと相打ちになりかけた僕を助けてくれたり、魔神崇拝者を一掃して冒険者たちを治療したりと、悪い人ではないんじゃないかと思う面もある。

けどこうして僕を強引に攫《さら》ったお尋ね者というのも事実なわけで。

二週間後に帰してくれるという約束も本当だという保証がない。

……いやまあ、予告状の件で信念やこだわりがありそうだと評しておいてなんだけど、実際に攫われればそうも言ってられなくて。

警戒するのも逃げようとするのも当然のことだった。

「というか、そもそもなんでそうまでして僕を育てようとするんですか⁉」

「それはもちろん、このボクにふさわしい恋び――」

と、なぜかそこでセラスさんが顔を逸らす。

「……なんだろう。ボクとしたことが、直接口にするのはどうにも恥ずかしいね。……いや、このボクにふさわしいパートナーが欲しいと思っていてね」

「パ、パートナー？」

「そう。ボクの盗賊業を支えてくれるパートナーさ。けどあいにくボクは見ての通り世界最高クラスの怪盗でね。並び立つ人材なんてそうはいない。だからこの手で育ててみることにしたんだ」

「自分にふさわしいパートナーを自分で育てる……いやだったら、それこそなんで僕なんですか!?　自分で言うのもなんですけど、僕なんて世界最弱職の《無職》で――うむっ!?」

「ダメだよ少年。君はこのボクが選んだんだ。そう自分を卑下するものじゃない」

トンッ、と壁に優しく押しつけられるような体勢で唇に人指し指を当てられ、僕は言葉を失う。

夜の静寂に心臓の音が跳ねるなか、セラスさんは怪しい笑みを浮かべてさらに続けた。

「盗賊《シーフ》スキルはもちろん、ほかの《職業《クラス》》のスキルも習得し未知のスキルに昇華できる無限の可能性。成長速度。それになにより、ほんの短い間接しただけでも君の人柄は非常に好ましいものだった。いままで数多《あまた》のお宝を見てきたボクが言うんだから間違いない。少年は素晴らしい原石だよ。だから是非とも育ててみたくなったんだ、ボクのパートナーとしてね」

「……っ！」

手首を押さえつけるようなかたちで壁に追い詰められ、昨晩以上の熱が籠もった瞳《ひとみ》を向けられる。静かな口調とは裏腹に情熱的なその様子と整った相貌《そうぼう》にくらくらしつつ、それでも僕は自分の意志をはっきりと告げる。

「い、いやでも僕は盗賊じゃなくて、あの街でたくさんの人を守る冒険者になりたいんです！」

「守る冒険者か……それもいいね。けどそれならなおのこと、一度はボクのもとで修行を積んだほうがいいよ少年」

「え……？」

「なにせ少年がゴーレムと戦っていたあの晩、ボクの教えるスキルさえあれば簡単にゴーレムを倒して周囲の人を守ることができたんだから。相打ちなんか狙わなくてもね」

「え」

あっさりと僕の言葉を受け入れてくれたことに加え、予想外の話を聞かされて思わず目を丸くする。セラスさんは不敵な笑みを深め、いつの間にか手にしていた僕のステータスプレートを掲げながらさらに語った。

「少年のスキル構成は特異だ。《無職》ゆえに様々な《職業《クラス》》のスキルを同時に習得できるから……だけじゃない。重傷自動回復、疑似攻撃感知、カウンターと、とにかく生き残ることに特化している。恐らくだが君の師匠たちは少年に死んで欲しくないと強く願うと同時、こうも考えていたんじゃないかな？　実戦で飛躍的に成長する少年は、戦いの中で生き延びれば生き延びるほどスキルを伸ばし、さらに生き残る確率が上がっていく。強くなっていくと。これはそういう育成方針だ。実に合理的だね」

　僕が思いもよらなかった師匠たちの修行方針を分析しつつ、セラスさんは続ける。

「ボクが直々に授ける盗賊《シーフ》スキルも加われば、この育成方針はさらなる飛躍を見せるだろう。格上を相手に綱渡りのような戦闘を続けられる時間が増え、渡りきった先に一発逆転のチャンスを見いだせる確率があがっていく。それこそ、核を破壊しさえすれば倒せるゴーレムなんてすぐに相手じゃなくなるよ」

「……っ！」

　そしてセラスさんは目を見張る僕にトドメを刺すように、

「いまの少年じゃあいずれにせよボクから逃げることは不可能なんだ。抵抗を続けるのは時間の無駄。最終的にボクの誘いを断るにしろ受け入れるにしろ、二週間だけボクの修行を受けてみて損はないんじゃないかな？　少なくともこのまま不毛な時間を過ごすよりは守る冒険者に近づける。そうだろう？」

「え、あ……それは……」

　セラスさんの微笑《ほほえ》みに僕は反論の言葉をなくす。

　確かに昨晩の戦いにおいて、そしてシルフィを助けた先日の戦いにおいて、盗賊スキルはとても活躍してくれた。感知を中心にもっと磨いておけば、楽に勝てたとは言わないまでももう少し安定した戦いができただろう。

それに、セラスさんの言う通りこのまま無策に逃げ続けても無駄なのは間違いなくて……。

「……本当に、二週間後に僕が帰りたいと言えば帰してくれるんですよね？」

「もちろんだよ。予告状の時間を違えるはずがないと少年が断言してくれたときボクは本当に嬉しかったんだ。そんな君を裏切るような真似だけはしないよ。絶対に」

僕を見つめてくるセラスさんの瞳《ひとみ》には真摯な光が宿っていて。

「そ、それじゃあ……少しだけ……」

二週間後の約束が万が一反故《ほご》にされたとしても、ひとまずそう言っておいたほうがこのまま無謀な逃走を続けるよりは逃げ出すチャンスを作れるかもしれなくて。

「いい子だ少年、実に賢明だよ。この調子で絶対に堕としてみせるからね」

満足気に囁《ささや》くセラスさんに隙《すき》を見せないよう身構えながら、僕はその提案を呑んでしまうのだった。

3

セラスさんの用意してくれた食事は、師匠たちが毎日調達してくれる高級食材に勝るとも劣らない代物だった。

「……っ！　お、美味《おい》しい……」

「それはよかった。食後にはステータス補正スキルと魔力の伸びを高めるお茶も用意してある。ボクたちはお互いをまだ知らなすぎるからね。嗜みながら語らうとしよう」

そうして思いのほか穏やかな時間が過ぎればアジト内の広いお風呂に案内され、入浴後はいつの間にやら用意されていた服に着替えてあのふかふかベッドで就寝。一晩あけてまた豪華な朝食を終えたあと、僕はアジト内でも特別広い一室に連れてこられていた。

「さて、それじゃあ盗賊《シーフ》スキルの修行をはじめようか」

「よ、よろしくお願いします」

微笑《ほほえ》むセラスさんに僕は緊張した声を返す。

ほかに選択肢もなかったためセラスさんの提案を受けてしまったものの、頂点職に至った《大怪盗《ファントムシーフ》》の修行がどんなものかわからず声がこわばってしまう。

「ふふ、そう緊張しなくていいよ。厳しくするつもりなんてないし、いまの少年に授けたい複数のスキルをまとめて楽しく教えられるいい方法があるからね」

「まとめて楽しく……？　ど、どんな方法なんですかそれ……？」

「ダンスだよ」

「え、ダンス？」

あまりに予想外な返答に、僕は思わずセラスさんの言葉を繰り返す。

「ってあの、貴族の人たちがパーティなんかでやるあのダンスですか……？」

「そう。正確に言えば男女ペアで踊る社交ダンスだね」

言ってセラスさんは僕の手をとり、くるりと一回転させた。

うわっ!? と驚いて身体《からだ》をこわばらせてしまう僕の動きを完全に読んで制御するようにして、セラスさんはその修行方法について説明してくれる。

「ダンス、特にペアで踊る社交ダンスでは振り付けの暗記やリズム感はもとより、いかに相手の動きにあわせるかが最重要視されているんだ。相手の動きを先読みして動く修行にそのまま転用できるほどにね。加えて踊る際の足捌《さば》きにも注意すれば、《盗賊《シーフ》》が習得できる特殊歩法スキルの鍛錬にもなる。今後の仕事にも使えるし、なにより少年とボクの心理的な距離も自然に縮められるし、色々な要素が詰まった効率のいい鍛錬方法なんだ」

「な、なるほど……」

言われてみれば確かにそういう側面はあるかもしれない。

この若さで頂点職まで上り詰めたセラスさんが言うのだから有用なのは間違いないだろう。

ただそれにはひとつ問題があって……と僕がもじもじしていると、

「おや。その可愛《かわい》らしい表情。もしかしてダンスの経験がないのかい？」

「っ、え、ええ実は……」

即座に見透かされて僕は気恥ずかしく思いながら頷《うなず》く。

冒険者も貴族の人や大商人と仕事をする可能性があるため、バスクルビアでは礼節の授業があったりする。社交ダンスもその一貫として学ぶ機会があるわけなのだけど……僕は例の如く実戦に役立つ授業優先で後回しにしてしまっていたのだ。

けれどそんな僕にセラスさんはなぜか上機嫌な笑みを浮かべ、

「ふふ、それじゃあボクが少年のはじめての相手というわけだね。光栄だ。けど怖がらなくて大丈夫。ボクがしっかりとリードしてあげるから」

「ちょ、ちょっとなんか言い方がおかしくないですか……!?」

「そんなことはないよ。それじゃあまずは目を開けたまま、盗賊スキルについては意識せずダンスの基本からやってみようか」

「わっ!?」

セラスさんが僕の手を優しく引きながら指を鳴らすと同時。

音を封じることができるらしい水晶から荘厳な音楽が鳴り響く。

正しい振り付けもなにもなく、セラスさんに導かれるまま身体を動かしていけば、それらしい型が不思議なくらい自然と身体に染みついていって。

「――っ、う、わ……っ」

身体を密着させて微笑《ほほえ》んでくるセラスさんに顔を真っ赤にしつつも、洗練されたその動きをいつの間にか受け入れてしまっている自分がいて。

最初こそ慣れない動きに戸惑ったものの、音楽にあわせて誰かと一緒に身体を動かすというはじめての行為に、僕は自分でも呆れるくらいすぐ夢中になってしまうのだった。

社交ダンスを用いた修行は、何回かの休憩を挟んでほとんどノンストップで続いた。気力や体力を譲渡できる特殊な希少マジックアイテムをセラスさんが使い、常に万全の状態で修行に打ち込むことができたからだ。テロメアさんのスキルほど高性能ではないみたいだけど効果は十分。そうして一日中踊っていれば、セラスさんの指導の上手さもあって基本的な動きはほぼ身についてしまう。

息を合わせて踊る時間が続くとあれだけ緊張していた心身もいつの間にやらほぐれてしまっていて。日が暮れる頃にはあまり気を張ることなくセラスさんと話せるようになっていた（もちろん警戒は解いていないけれど）。

休憩時間に水分補給しながら、僕は何気なく口を開く。

「セラスさん、凄《すご》くリードが上手ですよね。まったく経験のない僕でもわかるくらい。よく誰かと踊るんですか？」

「いや、ほとんど見よう見まねでね。人と踊ったのは昔の女友達に教えてもらったときくらいで、それ以降は誰とも踊ったことがないんだ」

「え、なんでですか？」

「だって性交のリハーサルみたいじゃないか、社交ダンスって」

「……え!?　せっ!?」

き、聞き間違いか!?　と言外に聞き返す。

けどセラスさんはしれっとした顔で、

「男女が公衆の場で着飾って、息が合うかどうかを次から次に試すんだ。破廉恥だよ。同性ならまだしも、少なくともボクはそう簡単に異性の手を取りたいとは思わない」

そ、それはちょっと、いやかなりの暴論じゃあ……。というか、

「あれ？　でも、僕とすごく踊ってますけど……？」

「少年はいいんだよ。ボクが見初めた愛弟子《まなでし》なんだから」

「ふぇ!?」

手袋のはめられた細い指で頬《ほお》を撫《な》でられ僕は思わず首をすくめる。

けどどうにかすぐに正気を取り戻して、

「ちょっ、へ、変なこと言わないでくださいよっ」

「ボクはいつでも真面目なんだけどね。さて、それじゃあ今日は最後に盗賊《シーフ》スキルを使って、不規則に動くボクの動きを読みながら踊ってもらおうかな。君の最高速度より少し早く動くから頑張ってついてくるんだよ？」

「……うう、はい……」

はぐらかすように言うセラスさんに不満を表明しつつ……けれど僕は世界最高クラスの

《盗賊《シーフ》》が考案したその修行にどんどんハマっていくのだった。

ダンスの基本を身につけて以降は常にスキルを意識してのダンス修行《ダンス》が続いた。

「人の身体《からだ》を動かすのは脳。ひいては魔力を生み出す魂そのものだ。感知スキルの神髄は相手の魂を感じ取ることにある。いまボクが君の存在を全身で感じているように、君も全身全霊でボクの魂を読み取るんだ。この国宝級魔道具でボクと感覚を共有して、感知スキルを上手く発動させるコツも身体に教えてあげよう」

「指の付け根で着地することを意識しよう。そこは人にとっての肉球みたいな部位だから。かかとから接地するのとは比べものにならないくらい足音を消せる。そういう細かな身のこなしも意識すれば、いま教えている歩法スキルの効果はさらに高くなる。人は視覚と魔力感知だけでなく、無意識に聴覚からもかなりの情報を得ているからね」

「よし、じゃあそろそろ視覚に頼るのはやめようか。今日からは常に目隠しをして踊ってもらおう。盗賊は常に闇《やみ》に生き、必殺の一撃はいつも視界の外から来るものだからね」

「ま、前々から予告はされてましたけど、本当に大丈夫なんですか目隠しなんて……?」

「基本は叩き込んだ。あとはより高難度の修行で練度を伸ばすだけだ。大丈夫、最初はゆっくり動くから。ボクを信じて身を委ねるといい」

と、修行の難度は段階的に上昇。

特に目隠しは色々な意味でかなりの難易度。耳元でアドバイスを囁《ささや》いてくるセラスさんの蠱《こ》惑的《わくてき》な声や密着するしなやかな身体、息づかいや甘い香りがより鮮明に感じられてしまって心臓が破裂しそうだった。

何度も失敗しながら暗闇のなかでセラスさんの動きを必死に探り、さらには足音や衣擦《きぬず》れの音が出ないよう意識しながら高速でダンスを繰り返す。

それはもう社交ダンスとは別次元のなにかで、大変なんてものじゃなかった。

けど――、

（楽しい！　格段に！）

僕より少し早く、そして不規則なセラスさんの動きを先読みし、ぴたりと合わせられたときの快感。そしてそれが連続で決まったときの心地よさは模擬戦でうまくスキルが発動したときとはまた別種の爽快《そうかい》感があった。

体力や魔力、気力も回復してもらえるため、その心地よさが延々と続く。多少の失敗もセラスさんにかかれば新しいステップに昇華され、ダンスは止まることなく継続。ミスを恐れることなく高難度の目隠し修行に没頭することができていた。そして――。

「はぁ、はぁ、はぁ……！」

音楽が終わった瞬間、僕とセラスさんの動きが同時に止まる。

極限まで魔力と集中力を振り絞った結果、僕は全身が汗まみれ。息も荒く、静かで洗練された状態とはほど遠い。けど、

「い、いま、すごくぴったり踊れてましたよね⁉」

「うん、完璧だったね」

セラスさんとの修行をはじめて十日以上。

最初から最後まで無言で互いの動きを感じあい、いまの自分にできる最速の動きで完璧に踊りきった感覚に僕は高揚の声をあげていた。

それはまるで、魂と魂で繫《つな》がったかのような心地よさ。

世界最高峰の《盗賊《シーフ》》から授けられた感知スキルがモノになった実感もあわさり、僕は自分が攫《さら》われた身ということも一瞬忘れ、目隠しを外しながら素直に笑みをこぼしてしまう。

「セラスさんとのダンス、なんだかいままでに感じたことがないくらい気持ち良かったです！」

「……っ」

と、僕が笑いながら正直な言葉を漏らしたところ――いつも通り不敵な笑みを浮かべていたセラスさんが目を見開き、まるで顔を隠すようにシルクハットのツバをおさえる。さらには腰から生える猫の尻尾が落ち着きなく揺れていて……いままで見たことのないセラスさんの

様子にどうしたんだろうと不思議に思っていれば、

「不意打ちが過ぎるよ少年……こほん。うん、思っていた以上だ。まさか十日と少しでここまで仕上がるなんてね。ダンスの合間に行っていた模擬戦でも教えたスキルの効果を存分に発揮できていたし、結果は上々。出会ったときとは見違えたよ。さすがはボクの見初めた原石だ」

言って顔を上げたセラスさんはもういつもの調子で。

気のせいだったかな？　と僕は首を傾げていたのだけど……そんな僕に対してセラスさんは信じがたい言葉を口にした。

「よし。それじゃあ修行の仕上げだ少年。君にはボクの仕事を手伝ってもらうよ。盗賊のお仕事を実際に体験してみよう」

「え……？　え!?」

困惑の声をあげるもセラスさんは「楽しみだね」と微笑《ほほえ》むだけで。

その翌日。

僕は本当にアジトから連れ出され、とある大都市へと向かうことになるのだった。

4

セラスさんに連れてこられたのは、不毛荒野から少し離れた場所に位置する煌《きら》びやかな城下町だった。大陸東にある国家群のなかでも有数の大都市らしく、中央にそびえる王城はもちろん街全体が華やかな雰囲気に包まれている。

日が落ちたあとも魔道具などのおかげでキラキラと明るい街。

そのなかでもひときわ絢爛で大きなお屋敷が、セラスさんの目的地だった。

なにやら大きなパーティが開かれているようで、着飾った男女が次々とお屋敷に入っていく。僕には縁のない上流階級の社交場。目に見える範囲だけでも強そうな警備の人がたくさんいて、華やかな空気に反してどこか物々しい雰囲気も漂っていた。

そしてそんな空間をセラスさんは僕の手を引いて堂々と闊歩し、受付の人が恭しい礼とともに対応してくれるのだけど……、

「会員証とステータスプレート確認いたしました。ドーラ帝国の宰相家嫡男、キーラ・マース様とお連れのクロスリア・ターブルドートお嬢様ですね。ようこそお越しくださいました」

受付の人が当たり前のように僕のことをお嬢様と呼び、屋敷の中へと案内してくれる。

そうしてたくさんの人たちが集まるパーティ会場へとついた瞬間、僕はいよいよ我慢できなくなり顔を赤くしながらセラスさんに小声で叫んでいた。

「あ、あの、パーティ会場に変装して潜入するのはいいとして……なんで僕がこんな格好しないといけないんですか!?」

「いいじゃないか。とても似合っているよ」

キーラという男性に化けたセラスさんが目を細めて笑うけれど、それは全然褒《ほ》め言葉なんかじゃなかった。なにせいまの僕は……女の子のドレスを着ているのだ。

しかもただ女装しているだけじゃない。

頂点職《大怪盗《ファントムシーフ》》に至ったセラスさんの変身スキルとやらで、外見まで完全に女の子になってしまっているのだ。ただでさえ場違いなパーティ会場で緊張しているのに、いままでにない羞恥《しゅうち》もあわさって頭がおかしくなりそうになる。

セラスさんはそんな僕を楽しそうに見下ろして、

「こういう場では男女ペアが基本なんだ。そして少年とボクではまだこちらのほうが背が高い。いくらボクの変身スキルが優秀でも、腕を組んだりする状況で身長を誤魔化《ごまか》すのは骨だからね。お互いの体格に応じた役割を演じたほうが楽に周囲を欺けるんだ」

「う、う〜」

これまでと同じようにさらっと流されてしまい僕はろくな反論ができない。

そういえば最初は知識がなさすぎて気づかなかったけど、ダンス修行もずっと僕が女性パートだった気がするし……もしかして最初からそのつもりだったんだろうか。

なんにせよいまさら抵抗したところで無意味。僕はスースーする下半身などに赤面しつつ現状を受け入れるしかなかった。

（まさかこんな格好で盗賊の片棒を担がされることになるなんて……。いやけど、まだ遅くない。セラスさんがなにを盗もうとしてるのかはわからないけど、周囲の人にこっそり忠告したりすれば犯行を止められるかも……）

女装についてはもう手遅れだけどそのくらいは……と考えていたところ、

「ああそうそう。先に言っておくけど、ここでは騒ぎを起こさないよう気をつけたほうがいい」

「え」

まるで僕の心を読んだかのようなセラスさんの言葉にドキリとしていれば……セラスさんは周囲を軽く見回しながら信じがたいことを口にした。

「あそこにいるのは暴力一本で成り上がった暗黒街の裏の顔、あっちで談笑しているのは密輸産業の重鎮に裏カジノの支配人。そこのベテラン詐欺師が連れている用心棒はギルドで懸賞金のかかったA級首。ろくでもない連中ばかりだからね。下手に騒ぎを起こせばこの場で殺されかねない。大人しくしているのが身のためだよ」

「え……!?」

セラスさんの言葉にぎょっとして周囲を見回す。

確かに言われてみれば……。女装の羞恥《しゆうち》や緊張で気づかなかったけど、明らかにタダ者ではない雰囲気を纏《まと》う人ばかりで、僕より強いだろう人たちがうようよいる。屋敷の周辺やパーティ会場に配置された物々しい警備といい、どう考えても普通のパーティじゃない。

「な、なんなんですかここ!?」

「この会員カードを持った者しか入れない裏の社交場さ。東諸国の暗部を牛耳るボスたち御用達のね」

「え、えぇ……」

いまさらすぎる僕の疑問にセラスさんが受付で出していたカード（これもまたどこかから盗んだものらしい）を見せながら囁《ささや》く。

「まあ安心するといい。少年はいま、姿や名前どころか性別まで偽ってるんだ。君の魔性が闇《やみ》のドンたちを魅了してしまっても簡単に姿を眩《くら》ませられるし、なにがあってもボクが守ってあげるから」

「い、いやそういう問題じゃ――」

と僕が色んな意味でまったく安心できない状況に悲鳴じみた声をあげていたところ――

パーティ会場に音楽が鳴り響く。

「さあ始まった。ボクの見つけた世界最高の宝石を闇の住人たちにお披露目する時間だよ」

「え、ちょっ、わっ!?」

困惑したままセラスさんに優しく手を引かれて。

僕はそのまま華々しいダンスホールの中心で裏の世界の人たちに囲まれながら、この十日ですっかり様になったダンスを披露することになるのだった。

自分よりも遥かに強い闇の住人しかいない場所での女装ダンス。

そのとんでもない状況に僕はかなり緊張していたのだけど……修行中散々目隠しで行っていた高速ダンスに比べればなんてことなくて。

セラスさんがしっかりリードしてくれたこともあり、問題なく踊りきることができたのだった。それどころか……、

「いやはや素晴らしい身のこなしでしたな」

「キーラ殿は久しぶりですね。可愛《かわい》らしい華も連れてずいぶんと気合いが入っているようですが、今日はなにか商談で？」

「ええ、そんなところです。あとはまあ、私の可愛いフィアンセを披露したかったので」

「……っ」

セラスさんが化けた男性キーラは裏でかなりの有名人らしく、次から次に怖い見た目の人たちが挨拶《あいさつ》にやってくる。この場ではダンスのクオリティが一種のステータスになるみたいで、セラスさんの騙《かた》る身分もあわせて闇の住人たちを大量に引き寄せていた。

それ自体は悪い気分じゃないのだけど……フィアンセって……。もう少しなにかなかったのだろうかと僕がまた顔を赤くしていたところ、

「これはまたずいぶんと初々しい若芽を連れてきたものだ」

ひときわ低い声がその場に響き、周囲の人々が道を譲るように数歩下がる。

闇《やみ》の住人たちを割るようにして現れたのは、岩のような見た目をした老齢のドワーフだった。その身に纏《まと》う覇気はかなりのもので、ギラギラと光る瞳《ひとみ》が値踏みするように僕を見つめる。

「ほぅ。近くで見ればただ若々しいだけでなく、芳醇《ほうじゅん》な魔力にも満ちている。こんな場に似つかわしくない恥じらいといい、ドーラ帝国宰相家のフィアンセでなければ言い値で買っていたところだ」

「……っ⁉」

ドワーフの妙な視線に僕の背筋がざわざわと泡立つ。

と、そんな僕の手を強く引き、背中に隠すようにしてセラスさんが前に出た。

「これはこれは。ダムド・オーバーロック殿ではありませんか。お噂《うわさ》はかねがね。実は今日の集まりではオーバーロック氏にご挨拶《あいさつ》できればと思っていたのです。よもやそちらから声をかけていただけるとは光栄の極み」

「ほう、儂《わし》に？」

セラスさんはなぜか僕の手を強く握りながら、オーバーロックさんというらしい老ドワーフに丁寧な礼をし言葉を続ける。

「はい、最上級の魔導技師《マジックアイテムメーカー》であるオーバーロック氏の作る品はどれも素晴らしい性能と聞き及んでいますから。周辺国の〝救済〟に力を入れる我がドーラ帝国にも是非その芸術品を融通していただきたいと考えているのです。ただ、突出した才覚ゆえに多忙を極めるオーバーロック氏の品がすぐに手に入るとはこちらも思ってはおりません。今日のところはご挨拶がてら、そちらの役に立つであろう品をいくつか贈らせていただければ」

言って、セラスさんが懐に仕込んでいたらしいアイテムボックスからなんだかよくわからない品を次々と取り出す。

どうやらなにかの素材やマジックアイテムの類いらしく、オーバーロックさんは「ほう、なかなかの品を用意したものだ」と長い髭を撫《な》でて鷹揚に目を細めていた。けどセラスさんが謎《なぞ》の球体を取り出した瞬間、

「っ!?　お、おい！　それは……!?」

「さすが。一目で見抜かれますか。ええ、最高品質の〝核宝玉〟にございます」

いきなり目の色を変えたオーバーロックさんに対し、セラスさんは穏やかに微笑《ほほえ》む。

「〝救済〟の過程で偶然手に入ったものなのですが、いかんせん我が国にはこれを活用する手段がなく持て余していたのです。ならばこれの価値をもっとも引き出せる方に譲ったほうがいいだろうと」

「なるほどな……。いい心がけだ。お主らとの取引、考えておこう」

「ありがとうございます」

と、すぐに落ち着きを取り戻したオーバーロックさんとの挨拶は意外にあっさりと終了。セラスさんから色々なアイテムを受け取った老ドワーフは連れ添っていた美女とともにすぐさま

会場を後にしてしまうのだった。

するとそれに追従するようにセラスさんも残りの挨拶《あいさつ》をそこそこに済ませ、なにかを盗む様子もなく出口に足を向ける。

「あの……さっきのってなんだったんですか？　かくほうぎょく？　とかなんとか」

明らかに空気の変わった先ほどのやりとりが気にかかり、僕は小さく訊《たず》ねていた。

すると、

「ああ、あれはね。ゴーレムを作り出すための最重要素材だよ」

「え、ゴ!?」

思わず大声が出そうになり慌てて口を押さえる。

セラスさんはそんな僕を連れて会場を後にしつつ、その素材についてさらに語った。

「核宝玉は迷宮核《ダンジョンコア》を特殊な技法で採取加工した希少アイテムでね。モンスターを際限なく生み出すダンジョンの力を一部利用できるんだ。ボクが彼に渡したのはそのなかでもかなり高級な品になる。作り手の腕にもよるけど、中堅上級職と渡り合うレベルのゴーレム量産はもちろん、理論上は最上級職に匹敵する怪物ゴーレムを作り出せるとも言われる逸品さ」

「え、ちょっ、な、なんでそんなものを裏の住人に!?」

「あの戦争屋《ドワーフ》が魔神崇拝者たちにゴーレムを売った可能性が高いからさ」

「え……!?」

飛び出てきた予想外の言葉に僕は言葉をなくす。

「実は以前から〝裏ギルド〟に依頼が出ていてね。ダムド・オーバーロックが衝撃波を放つ強力な違法ゴーレムの製作、実験を行っているという疑念があったんだ。けど決定的な証拠がなくてね。確証を得るために直接接触してみたというわけさ。ほかにも同格の素材をいくつか掲示したにもかかわらず、核宝玉にだけ見せたあの目の輝き。ほぼ間違いないだろう」

「そ、そうだったんですか……つまり彼を油断させるために僕はこんな格好を……？」

「……………うん、そうだね。決してこれを口実に少年の可愛《かわい》らしい姿を見てみたかったとか、ぴったり息のあった少年とボクの修行の成果を披露する機会がほしかったとかじゃないんだ」

な、なんかいま変なことを言われた気がするけど、それよりも。

「それで、あの人が本当にゴーレムの供給元だとしたら……どうするつもりなんですか？」

「決まっているだろう？」

恐る恐る訊ねた僕の疑問に、セラスさんは馬車の中で変身を解きながら、

「ボクの予告状に便乗してあれだけ場を荒らしてくれたんだ。ボクと少年を運命的に繋《つな》ぐきっかけを作ってくれたことには感謝するけど、それはそれ。現場で実際に暴れた魔神崇拝者はもちろん、あんな無粋な兵器《ゴーレム》を売りつけた輩《やから》にもしっかり落とし前をつけてもらわないとね」

恐ろしいほど綺麗《きれい》な瞳《ひとみ》で微笑《ほほえ》み――〝怪盗セラス〟はきっぱりとそう断言した。

5

《最上級魔道技師》に至った老ドワーフ、ダムド・オーバーロックはここしばらく不機嫌の極みにいた。かなりの自信作であった新製品《カノンゴーレム》の性能実証《デモンストレーション》――バスクルビア襲撃が完全な不発に終わったからだ。

英雄血統や最上級職、上級職パーティに敵わなかったのは仕方がないにしろ、まさか中級職の集まる区画でも被害ゼロとは。あまりにもあり得ない結果に、報告をよこした部下を思わず半殺しにしてしまったほどだ。

恐らくは魔神崇拝者のイカレポンチどもがバカな使い方をしたのだろう。でなければ自分の作った芸術品が結果を出さないはずがない。

「頭の足りんゴロツキどもが……！　高い金を出すというから大量の試作品を譲ってやったというのに……！　いくら作品が優れていても使う者が愚かではどうしようもない！」

それは間違いなく真理であり、これまで数多くの魔道具を作成してきたダムドにとっては何度も経験してきた現実だった。

問題は、そんな事情を汲んでくれる顧客が存在しないということ。

結果が出なければ商品は売れず、裏の名声が手に入ることもない。ゴーレム開発にかけた費用と時間はすべて無駄になってしまうのだ。

そんなこんなでダムドはここ最近荒れに荒れていたのだが――、

「しかし儂《わし》にはやはりツキがある！　これさえあれば挽回《ばんかい》など容易《たやす》い……！」

気晴らしがてら顔を出した裏の社交場で偶然手に入ったそれを掲げ、ダムドは口角をつり上げる。

見るからに高品質な核宝玉だ。念のために何度も鑑定にかけたが、結果は間違いなく本物。そして品質は最高級。ダムドがいくら裏のツテを辿《たど》ろうと入手できなかったほどの逸品だったのだ。

「これがあれば先日の損失を埋め合わせることなど容易。それどころか裏社会での立場は盤石なものになるだろう。ドーラ帝国には色々と融通してやらねばな……くく、ははははは！」

先日までの荒れ具合が嘘《うそ》のようにダムドは笑う。

そして一通り核宝玉を愛でたあと、その希少な素材を厳重な警備下にある地下工房へ安置するのだった。

自らが作り出した最高の殺戮兵器《ゴーレム》がドーラ帝国の救済《侵略》で暴れ回る――痛快極まりないそんな未来を夢想しながら。

＊

「ダムド・オーバーロックに渡した核宝玉の気配はこの地下からだね」

パーティの翌日。深夜。

《大怪盗《ファントムシーフ》》のスキルによってマーキングしたアイテムの位置を追えるというセラスさんに連れられて辿《たど》り着いたのは、とある大都市の外れに建てられた広大なお屋敷だった。

鬱蒼《うっそう》とした林の中。まるで人目を避けるようにそびえ立つ豪邸。

敷地内には僕が少し感知スキルを発動しただけでも数十人以上の警備が立っていて、さらにセラスさん曰く僕では存在にさえ気づけない手練《てだ》れも多数潜んでいるという。

けれど、ある意味ダンジョンより危険なその敷地内へ、セラスさんは散歩するように堂々と侵入を開始した。

「この屋敷は《気配遮断》の鍛錬を後回しにしていた少年には少し荷が重いからね。気配を断ち切る特別なマントを貸してあげよう」

と僕にはなにか怪しいマジックアイテムを授けてくれたけど、セラスさん本人はほぼ生身のまま誰にも気づかれず建物に入り込みスタスタと進んでいく。

当然、屋敷の中には警備の人だけではなくマジックアイテムなどによって厳重な侵入者対策がなされていたのだけど、

「《物理錠解除》《魔法錠解析》《魔力認証解析模倣》《壁抜け》《結界踏破》《罠《わな》解除》。おっと、あそこに立っている用心棒は感知に秀でた手練れだね。ボク一人なら簡単にすり抜けられるん

だけど……仕方ない、今回は峰打ちで眠ってもらおう」

「……っ!?　っ!?　っ!?」

　セラスさんは僕がいちいち驚く暇もないくらいにやりたい放題。

《大怪盗》のとんでもないスキルを使いまくり、下手をすれば屋敷の主が正規の手段をとるより早く各種警備を突破。いくつもの厳重そうな扉を当たり前のように開け、あっという間に目的地へ辿り着いていた。

「これは……！」

　お屋敷の地下深くにあるとは思えないほど広いその空間を見渡して僕は目を丸くする。

　莫大な金銀財宝が保管された宝物庫に、なんらかの素材保管庫。そして僕なんかではどれだけ高度かもわからない魔道具やなんらかの試作品がたくさん置かれた工房が地下空間の大半を占めていた。

　そしてそのなかでもひときわ目立つのは――完成品や作りかけの入り交じるたくさんの巨像だ。

「僕たちを襲ったのと同じ型のゴーレム……！」

「うん。ほかでは見ない衝撃波の発生機構もある。やはり魔神崇拝者に大量の違法ゴーレムを売り渡したのはこの屋敷の主《ダムド・オーバーロック》で間違いないね」

　セラスさんは工房の奥へと歩いていく。

そこにあったのは、何重もの魔法結界らしきものに覆われた二つの球体。

セラスさんが譲った最高級の核宝玉と、もともとここにあったらしい核宝玉だ。

「さて、それじゃあいただくものをいただいて帰ろうか。ダムドが犯人だと確定するまでは〝仕事〟をするつもりもなかったから、予告状を送れなかったのが不本意だけどね」

イタズラっぽく笑いながら、セラスさんは魔法結界を当たり前のように無効化して核宝玉を懐に収めた――次の瞬間。


ジリリリリリリリリッ！


「うわ⁉」

鳴り響く警報に僕は肩を跳ね上げる。
バ、バレた⁉　もしかして台座になにかの感知機が⁉
と大慌てする僕をよそに、地上へと続く唯一の出入り口が分厚い扉によって即座に封鎖。

続けて動き出すのは、工房に並べられていた完成品のゴーレムたちだ。

「「「ゴオオオオオオオオオッ！」」」

「――っ⁉」

バスクルビアを襲ったものと違い、恐らく完全自動制御。

危険度《リスク》7にも匹敵しようかという人造の怪物たちが、侵入者を叩き潰《つぶ》すべくこちらに殺到する！

と、僕は突然の事態に面食らいつつ反射的に剣の柄に手をかける――よりも遥かに早く、
ズバババババババッ！

「っ！」

仕込み杖《づえ》を抜いたセラスさんがゴーレムたちの核を貫き一瞬で無力化した。

ただ、その中の一体だけは無傷なままで。

引き続き警報が鳴り響くなか、セラスさんはまったく慌てた様子もなくいつもの飄々《ひょうひょう》とした声音であっけらかんと言い放つ。

「この先ボクと一緒に仕事をするならこういう事態もままあるだろう。未来の予行演習も兼ねて残り一体のゴーレムは少年に任せたよ。ボクはこっちでやることがあるからね」

そう言い残して悠々と宝物庫へ歩いていくセラスさんに僕はぎょっと目を見開く。

ま、まさかこの人、罠《わな》があるとわかっててわざと核宝玉を回収したの!?

「ああそれと、用心棒たちがここに雪崩《なだ》れ込んでくる気配があるからゴーレムは早めに倒したほうがいい。とりあえず目標は十五秒以内だ」

「ちょっ、無茶苦茶言わないでくださいよ!?」

ウィンクしてくるセラスさんに叫ぶも、その姿はすでに宝物庫のなかに消えていて出てくる

気配もない。加えて僕の眼前にはすでにゴーレムの巨腕が迫っていて――、

「あ、ああもう！　やるしかない！」

宝剣ヴェアトロスを構えて一気に意識を切り替える。

対峙《たいじ》するのは、ギムレットさんたちを蹂躙《じゅうりん》した凶悪な人造モンスター。

気配からしてあの夜に戦った個体とまったく同じ強さを持つだろう岩の巨人に全身から汗が噴き出す。

「ゴオオオオオオオッ！」

凄《すさ》まじい速度で振り抜かれる巨大な腕。いまの僕のステータスでは《身体能力強化》や《緊急回避》を使ってなお完全に捌《さば》ききるのは難しい一撃だ。

けれど――視《み》える！

十日前までとは比べものにならないくらい、迫る攻撃がはっきりと。

「盗賊特殊《シーフエクストラ》スキル――《心魂悟知《しんこんさつち》》！」

僕は傷一つ負うことなくゴーレムの拳《こぶし》を捌ききっていた。

《心魂悟知》。

もともと発現していた《気配感知》と、ダンス修行の中で獲得した《挙動感知》が合わさっ

てできた盗賊系の特殊スキルだ。

その効果は、魂の気配をも察知して行われる超高精度の動きの先読み。

《気配感知》のように広範囲を感知することはできないけど、まるで心を読んでいると錯覚するような精度で相手の動きを先読みできるのだ。

それは弱体化スキルの効きが悪い人造霊魂のゴーレム相手でも例外ではなく、

「――――！」

「ゴオオオオオオッ！」

暴風のような連撃をひたすら躱《かわ》しまくる。

先読みによって一切の無駄なく動けば、あらかじめ示し合わせたようにゴーレムの巨腕が空を切る。

それはさながらパーティホールのど真ん中で行われる野蛮な舞踏。戦士の舞《まい》。躱せば躱すほど気分が高まり、増した集中が《心魂悟知》の精度をさらに高める。

そうして敵の動きを探っていれば――高性能の特殊スキルが怪しい魔力の動きを捉えた。

ゴーレムの胴体で魔力が凝縮していく見知った気配。

「衝撃波か！」

あのときはジゼルの援護で防いだ強力な魔法攻撃。けど、

「《緊急回避》！」

ドゴンッ！

発射のタイミングを完全に見切り、回避スキルを発動。

速度と威力があるぶん範囲の狭い魔法攻撃を完全回避。

相手の攻撃を十分見切ったと判断した段階で、僕はさらにスキルを発動させた。

「下級盗賊《シーフ》スキル――《暗　脚《サイレントステップ》》！」

瞬間、僕はゴーレムの攻撃を回避すると同時にその懐へ一気に踏み込んでいた。

盗賊専用の加速系スキル《暗脚》。

単純な速度向上効果は《瞬閃剣士》が使う《俊敏強化》や《踏み込み強化》には一歩劣る。

けどこのスキルの神髄は速度ではなく、移動に際した雑音の抑制と連射性！

「ゴオオオオオオッ！」

懐に踏み込まれたゴーレムが叫び胴体から複数の腕を生やすが、問題ない。

「《暗脚》！　《緊急回避》！　《暗脚》！」

タタタタタンッ！

連続使用のできない《緊急回避》に盗賊の加速スキルを組み合わせ、僕はゴーレムの切り札もどうにか捌《さば》く。懐に潜り込まれたゴーレムは僕を視覚的に捉えることが難しく、《暗脚》による静音効果により聴覚で位置を予測することも厳しい状況になっているのだ。

そんななか――ビュンッ！

「っ！」

ゴーレムががむしゃらに繰り出した一撃に僕は全神経を集中させた。

少し強引に前進し、かすった岩の腕で頬《ほお》を裂かれながらも繰り出すのは、ゴーレムの硬い身体《からだ》を貫ける唯一の必殺。捨て身の一撃。

「遅延魔法《マジックストッカー》　解放《リリース》！　《イージスショット》！」

《心魂悟知》によって攻撃回避の難易度が下がり、容易に紡げるようになった短文詠唱の解放。

以前とは違い集中せずとも視えるようになったゴーレムの移動する核をめがけ、凝縮された黒い霧が宙を駆る。防御力のガタ落ちしたその一点へ、宝剣が吸い込まれるように叩き込まれた。

ドズンッ！

ゴーレムの体内に隠れた核を剣先が貫く感触。

瞬間――ズズゥン……！

あれだけ大暴れしていたゴーレムが急停止し、そのまま仰向《あおむ》けに倒れこんだ。

「や、やった……！」

僕は思わず声を漏らす。

あの夜あれだけ苦戦したゴーレムをこんな簡単に……！

もちろん相性勝ちみたいな要素はかなり大きい。

ゴーレムはその強さと引き換えに、核さえ砕けば倒せるという明確な弱点があった。これが同じ強さの通常モンスターならここまで上手くはいかなかっただろう。

しかしそれでも、頬《ほお》に攻撃を食らってそこそこ派手に出血した以外に攻撃らしい攻撃も食らわず完勝したとなれば、気分が高揚するのを抑えられなかった。

「よしよし、上出来だね。《緊急回避》や《気配遮断》、《身体能力強化》をすでに習得していたから《暗脚》の覚えも早いだろうとは思っていたけど……まさか特殊スキルの《心魂悟知》とあわせて十日程度でものにするとは。ゴーレムを倒せたのは間違いなく少年の素質と努力の結果だ」

いつの間にか仕事を終えて近くに立っていたセラスさんが機嫌よく尻尾を揺らしながら言ってくれる。

「い、いえそんな……セラスさんの修行が凄《すご》く効率的で楽しかったから……！」

と僕はセラスさんの賞賛に思わずそう返すのだけど……いまはそんなことをしてる場合じゃなかった。

「てめえらどうやってここに入り込みやがった!?」

「あっ!?」

怒鳴り声のしたほうを慌てて見れば——封鎖された扉を開けて強面《こわもて》の男たちが次々と雪崩《なだ》れ込んでくる。そ、そうだった！　ゴーレムを倒してもまだ用心棒がいるんだった！　と僕が

汗を流していれば、

「よし。それじゃあ少年の成長も確認できたし、無粋な連中もやってきた。今度こそ本当にお暇《いとま》しよう」

「え、わっ⁉」

セラスさんが僕を抱えると同時、とんでもない速度で視界がブレる。

「な、なんだ⁉　消えた⁉」

そんな困惑の声さえ置き去りにして。ほとんど隙間なく階段に詰まっていた用心棒たちをすり抜けたセラスさんは僕を抱えたまま地下工房を脱出。涼しい顔で階段を上り切る。

けれど――地上へ続く扉は完全に塞《ふさ》がれていた。

分厚い鉄扉と魔法結界。

しかもその二重防壁は緊急時用なのか解錠手段もないようで、ひたすら閉じ込めることに特化していた。

「いつの間に後ろに⁉　だが残念だったな！　その扉は絶対に開かねえぞ！」

「袋の鼠《ねずみ》だ！　ぶちのめせ！」

相当の手練《てだ》れなのか、セラスさんが背後に現れたことにすぐ気づいた男たちが我先にと階段を上ってくる。こ、これはさすがにまずいんじゃ⁉

「確かにこの扉は困ったね。ボク一人ならまだしも少年がすり抜けるのは無理か」

僕が慌てふためくなか、セラスさんは顎《あご》に手を当て悩ましげに眉をひそめる。

「強引なやり方は好きじゃないんだけど、時間もないし仕方がないか……宝刀〝なまくら〟」

瞬間――目の前の魔法防壁が粉々に切り裂かれていた。

「「「え」」」

僕を含め誰もが目を疑うなか、セラスさんが仕込み杖《づえ》をくるりと肩に乗せて頰笑む。

「この子は少し変わった刀でね。生き物を斬るのが苦手な優しい気質の持ち主なんだ。けどその代わり……魔法や無機物を叩き切るのは大の得意。ボクの細腕でもご覧の通りさ」

言ってセラスさんは僕を抱えたまま地下室を脱出。

瞬く間にお屋敷のてっぺんに躍り出ると、眼下を見下ろしながらメッセージカードをしたためる。

「なんだこれはあああああああ!?　地下室の宝物庫や設計図置き場が空ではないか!?　核宝玉も……！　おいバカども！　高い金で雇っているんだ！　さっさとあの女を捕まえろ！」

と用心棒たちに少し遅れて地下室へ突入していたらしい血気盛んな老ドワーフが目を血走らせて怒声を張り上げるも、セラスさんはまったくもって慌てない。

「今回は予告状を送れず少々無粋な仕事になってしまったね。せめてこれだけは置いていこう」

お宝はすべていただいた――怪盗セラス。

そんなメッセージカードを老ドワーフの頭髪に刺さるようさくっと投げて……「儂《わし》の核宝

玉があああ！　金があああああ！」と響く怒声もどこ吹く風。セラスさんは僕を抱えたまま誰にも追いつかれることなく夜の闇《やみ》へと身を躍らせるのだった。

「あ、あの、地下室の宝物とか設計図を全部って……相手が相手とはいえそんなにたくさん盗んじゃってよかったんですか⁉」

夜の闇を凄《すさ》まじい速度で駆けるセラスさんに抱えられながら僕は少し気になって叫ぶ。

するとセラスさんはアイテムボックスになっているらしいシルクハットを押さえつつ、

「ははは。問題ないよ。ろくでもない手段で手に入れた金だろうし、あの手の輩《やから》は隠し財産も多い。まあこれだけの大損害だと寿命が尽きるまでに再びゴーレム生成に手を出すのは不可能だろうけど、少なくともいますぐ野垂れ死んだりはしないよ」

セラスさんは不敵に微笑《ほほえ》み、

「それよりいまから寄るところがある。少し速度を上げるからしっかり摑《つか》まっておくんだ少年」

「わっ⁉」

先ほどよりもさらに凄まじい速度で、けれど夜の静寂を乱すことなくなによりも静かに、セラスさんは闇を駆け抜けた。

6

そうして辿《たど》り着いたのは、山間部にある寂れた町だった。

……いや、寂れているどころじゃない。なにかの襲撃を受けたように倒壊した建物が多く、一部の建物から漏れる明かりがなければ人が住んでいるとは思えないほどだった。

「ここは……？」

「言っただろう？　以前から裏ギルドで非合法ゴーレムに関する依頼がいくつかあったと」

僕が漏らした疑問の声にセラスさんが静かに答える。

「ここはその一つ。衝撃波を放つゴーレムに襲われ、その出所を突き止めてほしいと表裏両方のギルドに依頼していた町さ。報酬が安すぎて誰も相手にしていなかったけどね」

「え……」

唖然《あぜん》とする僕の隣で、セラスさんが明かりの漏れる建物の扉をノックする。

町で一番大きい、恐らくは町長さん辺りのものと思われる家だ。

「こんな時間にどなたですかな……？」

「夜分遅くに失礼。突然だけど、あなたがたの町を襲ったゴーレムはこれで間違いないかな？」

「え……？　え!?」

老齢の男性が目を丸くする。

セラスさんがシルクハットから取り出し軽々と持ち上げていたのは、いつの間にか回収していたらしいゴーレムの巨大な頭部。その残骸だったのだ。

そしてそれを見た町長さんは驚愕《きょうがく》にしばらく固まってから、絞り出すように頷《うなず》いた。

「はい、間違いありません……！」


町長さんの家には、家を失った人たちが寝泊まりしていた。

子供は寝かせたまま、セラスさんは町の人たちに事の次第をざっくりと説明する。そして最後にこう締めくくるのだ。

「あなたたちが提供してくれた情報のおかげで、ボクの邪魔をした戦争屋ダムド・オーバーロックにいち早く辿《たど》り着くことができた。これはほんのお礼さ」

言ってセラスさんがシルクハットから取り出すのは、オーバーロックの地下工房から盗み出した財宝の数々で。

「こ、これは……!?　いけません、私たちの町を潰《つぶ》した元凶を突き止めるばかりか壊滅させてくれたというのに、そのうえこんな……!?」

「あなたたちの町を潰すような実験を繰り返して貯めた金だろう。受け取る権利は十分だ。それにさっきも言ったようにあなたたちのおかげで楽をさせてもらったからね。この辺りで評判のいい冒険者を紹介するから用心棒として雇うといい。町の復興にも回せばそう多くは残らない程度の端金だよ」

「……っ。ありがとう、ございます……！」

町長さんをはじめ、村の人たちが身体《からだ》を震わせながら頭を下げる。

その一部始終を、僕はずっと驚いた気持ちで見つめていた。

怪盗セラスと呼ばれる、懸賞金さえかかったお尋ね者の思いがけない一面を。

けれど、そこで僕はふと気づく。

「あれ？　でもセラスさんが盗んだ金銀財宝ってもっとたくさんあったような……？」

と、町長さんの家を颯爽とあとにしたセラスさんを振り返って見れば……セラスさんはシルクハットから新たに取り出したいくつもの宝石を星明かりに晒《さら》しながら鑑賞していて……。

「あ、あのセラスさん？　それは……？」

「これかい？　これはね、ボクの懐を温めたいと囁《ささや》いてくれたいじらしい宝石たちさ。そんな可愛《かわい》らしい声を無下にするわけにはいかないだろう？」

「そ、そうですか……」

しれっと無茶苦茶なことを言って盗品をしっかり懐に収めるセラスさんに僕は若干呆れた声を漏らす。

けれど……そうした盗賊としての面を見せつつも、わざわざこの町に盗んだ金品を届けたのは確かなわけで。しかもその義賊的な行為は真偽不明なものが多い怪盗セラスの噂《うわさ》でも初期のほうからずっと語られているくらい、セラスさんが以前から続けてきたことのようで。

（この人は……）

善とも悪とも言い切れない、けどだからこそ偽りではないと思える飄々《ひょうひょう》とした振る舞い。

それに心のどこかで惹かれてしまうのを、僕は完全には否定できないのだった。

＊

その後。

不毛荒野のアジトに戻ってからは、これまでと同じような時間が過ぎた。

セラスさんと盗賊《シーフ》スキルの修行を行い、美味《おい》しいご飯を食べてお風呂に入る。

そうしていればあっという間に夜が来て、いつもならもう寝ている時間になる。

けど今日はいつもとは違って、セラスさんから食堂に来るように言われていた。

「……あと一時間もすれば、少年を攫《さら》ってからちょうど二週間が経つ」

食堂に足を踏み入れると、椅子《いす》に腰掛けていたセラスさんが静かに漏らす。

黒のタキシードに身を包んだセラスさんは懐中時計を懐にしまうと、頬杖《ほおづえ》をついてその美しい瞳《ひとみ》を僕に向けてきた。

「聞かせてくれるかな。このままボクと一緒に来てくれるかどうか」

「……」

セラスさんの真摯な問いに、僕は一瞬言葉に詰まる。

思い返せばこの二週間で、この人にはずいぶんとお世話になった。

いや、攫われた身でお世話になったっていうのもおかしな話なんだけど……事実とてもためになる修行をつけてもらったし、多くの希少アイテムを惜しみなく使ってもらえた。

それこそ、師匠たちに勝るとも劣らない厚意でもって。

セラスさんからすれば仕事のパートナーを育てるため？　の行為だったみたいだけど、だからといって注いでくれた労力がただの打算や演技からくるものとはとても思えなかった。

それだけじゃない。

盗賊――いや怪盗として生きるセラスさんの振る舞いは不思議な魅力があって、心のどこかで惹かれるものは確かにあったのだ。彼女の仕事を手伝うのはきっと楽しくて、同時に多くの人を助けられるのだろう。世界最高クラスの贅沢《ぜいたく》な修行でどんどん強くなりながら。

けれど、
《無職》の僕を一番最初に認めてくれたのは――拾い育ててくれたのは師匠たちだから
リオーネさん、リュドミラさん、テロメアさん。

もし仮にセラスさんについていったほうが早く成長できるのだとしても、僕は三人のもとで守る冒険者になりたかった。エリシアさんや師匠たちみたいな冒険者に。

だから……この二週間とてもよくしてくれたセラスさんに申し訳なく思うことはあっても、迷う気持ちは一切なくて。

「セラスさん、僕は――」

セラスさんの顔を真っ直ぐに見つめてバスクルビアに帰してほしいと言おうとした――そのときだった。

「ふぇ!?」

突如、目にもとまらぬ速度で動いたセラスさんに押し倒されて変な声が出る。

タキシード越しでも伝わる柔らかい感触と甘い香りに混乱して「ど、どうしたんですか!?」と叫んだ次の瞬間。


ドゴオオオオオオオオオオオオオオン!


「え――わあああああああああっ!?」

凄《すさ》まじい爆風が食堂を吹き飛ばした。

強力な爆撃魔法を食らったような炎熱と衝撃。

僕を庇《かば》ってくれたセラスさんが無傷で立ち上がり口を開く。

「ボクとしたことが、少年からの返事に集中しすぎて気づくのが遅れたね。まったく、少年との最も重要な瞬間に割り込んでくるなんて無粋がすぎる」

そう言って大穴の開いた壁から眼下を見下ろすセラスさんに続いて僕も外に顔を出せば

──そこには信じられない光景が広がっていた。

「な──!?」

星空が照らす荒野の一角に、とんでもない軍勢が出現していたのだ。

松明《たいまつ》や魔道具で視界を確保しつつこちらに向かってくるのは、千に近い大軍。

もう気配を隠す必要はないとばかりに解き放たれた魔力はとてつもなく、凄まじい圧が肌を刺す。そんななか、魔法かアイテムで増幅された怒声が荒野を揺らした。

『バカが！　逃げ切れると思ったかコソ泥が！』

この声──まさかダムド・オーバーロック!?

ど、どうしてここが!?　しかもあんな大軍を連れて!?

『儂《わし》の作った至上のマジックアイテムを舐《な》めるなよ！　地下工房に残された血痕を特製の感知魔道具にぶち込み居場所を特定してやったわ！　高い金を出して雇った腕利きの用心棒に加え、儂の魔道具を必要とする顧客から派遣されてきた私兵の大連合軍！　生きて朝を迎えられると思うなよ小娘が!!』

怒気と殺気に彩られた大音声に肌がビリビリと揺れる。

地下工房に残った血液って……まさかゴーレム戦で頬《ほお》から流れた僕の血のこと!?

た、たったあれだけの量で!?　と僕が愕然《がくぜん》とする隣で、セラスさんが仕込み杖《づえ》を抜く。

「やれやれ。思ったより優秀な輩《やから》だったようだ。直接潰《つぶ》すのは趣味じゃないんだけど……仕方ないね」

猫の尻尾を揺らし、やる気満々に瞳《ひとみ》を光らせる。

けど――本当に大丈夫なのか!?

頂点職《大怪盗《ファントムシーフ》》に到達したセラスさんの能力はまさに人外。

けれど盗賊系《職業《クラス》》の能力はあくまで隠密《おんみつ》活動に特化したものだ。

セラスさんなら多少の軍勢はものともしないだろうけど、強力なマジックアイテムで武装しているだろう大軍を相手にどこまで戦い抜けるのか――と僕は微力とは思いつつ反射的に自分でも剣を抜こうとした、そのときだった。

「……っ!?　ん!?」

セラスさんがぴくりとその猫耳を揺らした――次の瞬間。


「は～？　なにこの人たち～？」

「邪魔だ……消えろおおおお！」


ドッゴオオオオオオオオオオオオオオオオオオン！

「「「ぎゃあああああああああああああああああっ!?」」」

突如、目の前で信じられないことが起こった。

不毛荒野になんの前触れもなく、大量の岩石を含んだ巨大竜巻が何本も出現したのだ。

粉砕。瞬殺。断末魔。

その殺意しかない災害は千人近いならず者の軍勢を一人残らず飲み込み、ズタボロに攪拌《かくはん》して遥《はる》か彼方へ吹き飛ばす。

「え、ちょっ、なにが……!?」

僕がそのピンポイントすぎる災害に唖然《あぜん》とし、セラスさんが目を見張るなか……竜巻によって舞い上がった砂塵《さじん》を突き破るようにして三つの影が姿を現した。


「「「見つけた……！」」」


言って空間が歪《ゆが》むほどの魔力を放出するのは、リオーネさん、リュドミラさん、テロメアさん――僕を拾い育ててくれている世界最強クラスの三人で。

「し、師匠!?」

と僕が重ねて驚愕《きょうがく》の声を漏らす一方、

「てめぇクロスに妙なことしてねえだろうなこの泥棒猫がああああああああ!!」

「これはこれは……！」

リオーネさんを筆頭に師匠たちが世界を滅ぼすような勢いで怒髪天を衝《つ》くなか、セラスさんが不敵に口角をつり上げる。

「手練《てだ》れの師だろうとは思っていたけれど、まさかここまでとは。さすがはボクの見初めた至宝、ガードも相応の怪物というわけか……！」

セラスさんは飄々《ひょうひょう》とした態度を一切崩すことなく、けれど先ほどの連合軍襲撃とは比べものにならないほど鋭い目つきで世界最強の災害めいた魔力を受け止めていた。

7

突如として助けに現れた三人の師《師匠たち》に嬉しさや安堵《あんど》を感じていたクロスはしかし、それよりも先に驚きが勝り思わず叫ぶ。

「リオーネさん!? リュドミラさん!? テロメアさん!? ど、どうやってここが!?」

「緊急確保したマジックアイテムの力だ」

クロスがひとまず無事なのを視認したリュドミラが、先ほどまで浮かべていた修羅の表情を僅かに緩めて水晶を掲げる。先ほど吹き飛んでいったダムドが使っていたものと同格同系統のマジックアイテムで、説明を引き継ぐようにテロメアが口を開く。

「屋敷に残ってたクロス君の髪の毛をかき集めてどうにか起動させたんだよ〜。……それじゃあクロス君、いまその誘拐犯をぶっ殺して助けてあげるから、もう少し待っててね〜」

「え!?　ちょっ、皆さん少し落ち着い――わひゃ!?」

凄惨な笑みを浮かべたテロメアを筆頭にヤる気満々の師匠たちをクロスが慌てて止めようとするのだが――それは叶わなかった。

セラスがクロスをお姫様抱っこするように抱き上げると同時、とんでもないことを言い放ったのだ。

「やれやれ。先ほどの連合軍に続いて今日は無粋な客が多くて困る。少年とボクはすでに魂の深い場所で何度も繋《つな》がった仲だというのに。邪魔をしないでほしいね」

「「「は……?」」」

「ちょっ!?」

クロスの頬《ほお》を撫《な》でながら挑発的に目を細めるセラスと、顔から表情という表情をなくして低い声を漏らす怪物三人。

その誤解しか招かない言い回しにクロスが「いやいやいや！　確かに《心魂悟知》習得のためにお互いの魂を感知しあったりはしましたけど!?」と目を白黒させるのだが……火に注がれた油はもう回収不能だった。

「というわけで、君たちは少年がボクに正式な返事をするまで大人しく指をくわえて――」

「てめぇ……クロスにナニしやがったクソ猫があああああああああ!!」

瞬間、問答無用とばかりにリオーネが吠えた。

「クロスを返してとっとと死に晒《さら》せやオラアアアアアアアア!!」

ドンッ!! 大気を震わせるほどの力で空を蹴り、衝撃波をまき散らしてセラスに肉薄。

クロスが「ナニもされてませんけど!?」と叫ぶ間もない超速度で誘拐犯の顔面に全力の殺人パンチを叩き込む。

だがその拳《こぶし》は次の瞬間、完全に空を切っていた。

ドッゴオオオオオオオオオオオオオオオン!

アジトとなっていた巨木はもちろん、余波で周囲の大木や地面まで吹き飛ぶ一撃。しかしその範囲攻撃めいた拳をセラスは完璧に見切り、クロスを抱えてなお人知を越えた瞬発力で回避してみせたのだ。

「やれやれ喧嘩《けんか》っ早いことだ」

「ほざけクソ猫!」

クロスを抱えたまま空中に落下するセラス目がけ、リオーネが再び宙を蹴って追撃にかかる。

空中では身動きの取れないだろう盗賊職の顔面に、人体が爆散する威力の蹴りを放った。

だがそれと同時、セラスの履いていたブーツが鮮烈な魔力を帯びる。

「国宝級魔道具――《空中回廊《エアウォーク》》」

「っ⁉」

再び攻撃を完全回避されたリオーネが目を見開く。

僅かな魔力で空中に力場を生み出し使用者の細やかな空中移動を可能にする至宝。

さらなる機動力を得て軽やかに夜を舞う猫獣人。

空中を自在に駆る《大怪盗《ファントムシーフ》》に「チッ！」と舌打ちを漏らしつつリオーネがさらなる連撃を放つが――セラスは迫る拳《こぶし》を一発残らず回避する！

「……！　クソが！　こっちが全力で攻撃できねえからってちょこまかと！　クロスを盾にしてんじゃねえぞ！」

「失敬だな。ボクは君のそのふざけた攻撃の余波で少年が傷つかないよう必死に守っているというのに（ぎゅっ）」

「（ブチッ）泥棒猫が詭弁《きべん》垂れてクロスを強く抱きしめてんじゃねえええええええええ！」

「わあああああああああああっ⁉」

もはや速すぎてなにが起きているのかまるで認識できていないクロスの悲鳴が響くなか、さらなる災害が魔力を練り上げる。

「それ以上クロスに触れるな汚らわしい野良猫があああああ！　四重魔導師《オールメイジマジック》スキル《エレメント・バレット》！」

ドドドドドドドドドドドドドドドドドドドドドドッ！

リュドミラから放出され続けるのは火、風、水、土すべての属性が入り交じった無数の魔弾。夜空を埋め尽くす冗談めいた密度の弾幕。

威力、速度ともに人族の域を超越した魔法がセラスめがけて殺到する。

だが、当たらない。

すべての攻撃を仔細感知し空中を自在に跳ねる《大怪盗》は、弾幕の隙《すき》を踊るように駆け抜ける。

「まったく、少年に当たったらどうするつもりかな……！」

「当てるわけないだろうこの私が！　クロスを置いて大人しく死ぬがいい！」

ドドッ!!

洗練された魔力で空を駆けるセラスに、リュドミラも負けじと魔力を放出。

絶対にクロスに当てないよう意識しつつ、さらに速度と密度を増した弾幕が叩き込まれた。

加えて迫るのは、怪物三人組の中でも最高の魔防を誇る龍神族《リオーネ》だ。

「オラアアアアアアアアアアアアッ！」

速度に特化した弾幕をものともせず、魔防を上げた身体《からだ》で自在に宙を駆け巡る。

リュドミラの魔法を半ば無視するようにはじき返しながら、わずかな安全地帯を舞うように渡り歩くセラスに高速の連続肉弾攻撃を叩き込む。

しかしそれでも、

「《頂点心魂悟知》《頂点気配察知》《真暗脚》《緊急魔透回避》！」

「「……！」」

ひたすら回避に専念した《大怪盗《ファントムシーフ》》は同格二人の攻撃を完全に捌《さば》ききる。

その凄《すさ》まじい練度にリオーネとリュドミラが「面倒な……！」とばかりに表情を歪《ゆが》ませ、セラスもまた「さすがに逃げる隙《すき》まではないか……こちらからも仕掛けないとジリ貧かな」とクロスを抱えたまま仕込み杖《づえ》を握り反撃の隙を窺《うかが》う。

互いに決め手を欠く膠着《こうちゃく》状態。

しかしそんな超高速の拮抗《きっこう》状態が続くなか――四人目の頂点職が目を光らせた。

「ふ～ん。こっちの攻撃を全部見切っちゃう感知スキルと高速機動持ちかぁ。クロス君を気遣ってリオーネちゃんもリュドミラちゃんも本気の面攻撃ができてないとはいえ、これまでどんなお宝も盗んできたっていう《盗賊《シーフ》》の頂点職は伊達《だて》じゃないね～」

リュドミラの杖に乗って戦況を眺めていた最上位吸血族《テロメア》がおもむろに呟《つぶや》く。

「だったら……こういうのはどうかな～」

瞬間――ぶちぶちぶちぃ！

おぞましい音を響かせ、テロメアが自分の首を引きちぎった。

ブンブンブンブンブン！

首を失った身体《からだ》がその長い髪の毛を摑《つか》み全力で振り回す。いや……全力を超えた力で振り回した。骨や筋肉が崩壊するのもいとわないリミッターが外れた膂力《りょりょく》。不死身を利用した馬鹿力。そうして限界まで加速した自分の頭部をテロメアは思い切り投げつけた。

「せ〜、の!!」

ブオンッ！

不死の怪力と遠心力によってとてつもない速度と化した生首。

濃密な弾幕となって空を埋め尽くすリュドミラの《エレメント・バレット》に紛れたテロメアの頭が超速度で泥棒猫に迫る。

そのあり得ない気配にセラスが一瞬遅れて意識を向けた瞬間、

「ばぁ！」

「っ!?」

急接近していたテロメアの生首がその場で瞬時に再生。

服とともに胴が生え腕が生えると同時、面食らうセラスの眼前で凄まじい魔力を解き放つ。

「頂点邪法スキル――《スピードアウト・ワールド》！」

爆発的な勢いで放出されるのは闇《やみ》より暗い呪詛《じゅそ》の霧。

クロスを直接傷つける恐れがないため全力全開で放たれる速度低下の嫌がらせ。

威力よりもひたすら範囲に特化した頂点の呪いが避ける間もなく《大怪盗》を包み込む。

「……っ！　ここまでふざけたノーライフキングは初めて見るね。一本取られた、けど」

セラスが黒霧から飛び出しながら再び《エレメント・バレット》を避けまくる。咄嗟《とっさ》に《魔法透過》系スキルを使用し、完全ではないものの邪法スキルの効果を弱めたのだ。

さらには、

「国宝級魔道具──《聖夜の雫》」

一体どれだけの希少アイテムを仕込んでいるのか。神聖な気配を覗《のぞ》かせる結晶から絞り出された雫によって、セラスにかけられた速度低下の効果が一瞬で霧散した。

「あ～！　またそういうインチキして～！」

「盗賊だからね。手に入れた秘宝も実力のうちさ」

憤るテロメアに嘯《うそぶ》くセラス。

だがそうして盤面が振り出しに戻ったと思われたそのとき。

「いや、悪くねぇぞテロメア」

拳《こぶし》を振り上げて抗議するテロメアに対し、リオーネが凶暴な笑みを浮かべた。

「あのクソ猫、魔法透過系スキルを使ってなおあたしより速度低下の呪いが効いてやがる」

言ってリオーネが全身に魔力を漲《みなぎ》らせた。

スキルも併用し、回避に特化した盗賊には決して届かない魔防を身に纏《まと》う。

「そのままあたしに構わず呪いを撒《ま》きまくれテロメア！」

叫び、ぶおん！

リオーネが思い切りテロメアを放り投げた。普通なら凄《すさ》まじい加速度でバラバラになりかねない威力。しかしそんなものは人外の回復力を持つテロメアには関係ない。

「なるほどね～《スピードアウト・ワールド》！」

「っ！」

再度放たれた速度低下の呪いを、《エレメント・バレット》と同時にセラスは回避する。

だが、

「リオーネちゃんパス！」

「オラアアアアアッ！」

「っ!?」

回避された途端、テロメアが自らの首をセラスに向かって投擲《とうてき》。

当然のように避けられるがその先にはリオーネが待ち構えており、キャッチした首を再びセラスへ投げつける。先ほどよりも凄まじい速度で！

「《スピードアウト・ワールド》！」

「《極限膂力強化《りよりよく》》！」

放たれる黒霧。間断なき弾幕。さらには速度低下の呪いや魔力弾の被弾も気にしないリオーネが突っ込みセラスの回避を引っかき回す。

「……っ！」

しかしセラスも回避と探知に特化した《大怪盗《ファントムシーフ》》。同格の怪物三人が同時に放つ怒濤の攻撃を完全に読み切り、とてつもない精度で回避を続けていた。

だが――《エレメント・バレット》が引き続き空を埋め尽くすなか、その魔法弾幕を気にせず暴れる怪物二人が超速生首、超速再生、超範囲呪詛《じゅそ》、イカれた突進の波状攻撃を縦横無尽に繰り返せば、さすがに長くは回避しきれない。

「《スピードアウト・ワールド》！」

「《エレメント・バレット》――風弾特化！」

「っ！」

無尽蔵の魔力から繰り返し放たれる黒い霧がリュドミラの風魔法によって拡散され、セラスの脚をかすめる。そしてその一瞬の速度低下を近接最強は見逃さなかった。

「オラアアアアアアアアアアッ！」

何度も黒霧を浴びてなお大して速度の低下していないリオーネの拳《こぶし》が、攻撃そのものは察知し回避に動いたセラスの腕をかすめた。瞬間――ドゴン！

「ぐっ！」

「わあああああああああっ!?」

セラスの身体《からだ》が吹き飛ぶと同時、盗賊の細腕からすっぽ抜けたクロスが悲鳴をあげて宙を舞う。

「クロス！」

「クロス君！」

愛弟子《まなでし》が落ちてくるのも待たず、リオーネが宙を蹴ってクロスのもとに急行。自らの腕にクロスを迎え入れ、その存在を確かめるように強く抱きしめた。

「荒っぽい戦いになって悪かった！　怪我《けが》ねえか⁉　あのクソ猫になにかされなかったか⁉」

「よかったよクロス君～！　なにか異常があったら全部治してあげるからね～！」

「え、あ、は、はい……！」

心底心配した顔でぎゅっと抱きしめてくるリオーネに、生首をリオーネのもとまで投げて再生しクロスの顔を覗《のぞ》きこむテロメア。そんな二人にクロスがいまだ混乱覚めやらぬ表情で顔を赤くする。

と、クロス奪還で世界最強の師匠たちがほっと胸を撫《な》で下ろす一方――戦いはまだ終わってはいなかった。

「まったく、無茶苦茶やってくれるね……！」

頂点職たちの攻撃がかすめた部位にポーションと《聖夜の雫》を振りかけつつ、セラスがまったく戦意の衰えていない目でリオーネたちを睨《にら》み据える。

「さすがに頂点職三人を同時に相手取るのは厳しいか……けどあいにく、ボクは守るよりも盗むほうが得意なんだ」

セラスは獲物を狙う山猫の眼で、別の女の腕に抱かれるクロスを見上げた。

「我ながら少しワガママが過ぎるとは思うけど、二人きりの場で約束の返事をもらうまで少年を返すわけにはいかないな……！」

と、セラスがいままでの回避特化スキルとは違う〝盗賊〟の力を発動させようと静かに魔力を張《みなぎ》らせた――そのときだった。

「あ、あの、なんだか凄《すご》く心配をかけたり、誤解があったりしたみたいですけど……」

ようやく混乱の少し収まったらしいクロスがリオーネに抱えられながら、満面の笑みを浮かべた。

「助けに来てくれてありがとうございます……！」

「……っ」

それは心の底から安堵《あんど》した、嬉しそうなもので。

この二週間の間に、セラスが一度も見たことのない顔だった。

クロスを奪い返そうとしていたセラスはしばしその笑顔に目を奪われたあと、

「……そうか」

すべてを悟ったかのように小さくそう呟《つぶや》いていた。

次の瞬間。

「よし、では死ぬがいい――頂点火炎魔法《バーストヘルフレイム・ディザスター》!!」

「っ！」


ドッゴオオオオオオオオオオオオオオオオオオオオオオオオオ！


クロスの表情に気を取られていたセラスに、特大の広範囲火炎魔法が叩き込まれた。

クロスを取り戻したことで遠慮する必要のなくなったリュドミラが、クロスをキャッチする役目をリオーネに取られた八つ当たりがてら全力でぶっ放したのだ。

「え、ちょっ、セラスさあああああああああああああん!?」

周囲一帯を溶解させる地獄の業火に飲まれたセラスに気づき、クロスが悲鳴をあげる。

「いやちょっ、心配してくれる気持ちは凄く嬉しいんですけどそこまでするほど悪い人じゃあ……!?」

「知ってるクロス君？　誘拐された人って、無意識に犯人と仲良くなろうとしちゃうことがあるんだって～。だからこうやって犯人は一片も残らず消すのがクロス君のためなんだよ～」

「そうそう。二度とお前を攫《さら》ったりしないようにするにはこれが一番だしな」

「これで夜も安心して眠れるだろう」

テロメアとリオーネ、それから高速でクロスの元までやってきたリュドミラが据わった目で断言する。

（あ、あれ!?　なんかやっぱり誤解したままっていうかいや誤解とも言い切れないけど師匠たちの目つきがいつもと違っておかしいというかいやそれよりセラスさんが！）

とクロスは大慌てでセラスを助けるよう師匠たちに嘆願しようとする。が、その直後。

「いやはや凄《すさ》まじい一撃だ。このボクが回避するのもギリギリだったよ」

「「「っ!!」」」

背後から響く飄々《ひょうひょう》とした声に全員が振り向いた。

するとそこには、タキシードやシルクハットをボロボロに焼け焦がしながらもどうにか魔法を回避しきったらしいセラス・フォスキーアが空中に立っていて。

シルクハットのツバを押さえながら謳《うた》うように口を開く。

「残念だけど、さすがにこの戦力差を相手に粘るのは得策ではないらしい。悔しいが、今日のところはひとまず退散することにしよう」

言って、セラスは宙を蹴るように後退していった。

その様子にクロスは「ぶ、無事だったんだ」とほっと息を吐くのだが、それも束の間。

「てめえこのまま生きて帰れると思ってんのか⁉」

「リオーネさん⁉」

クロスが止める間もなく、リュドミラにクロスを渡したリオーネが手加減なしの鉄拳を叩き込む。山が吹き飛び大地が割れるほどの範囲攻撃がセラスの身体《からだ》をいとも容易《たやす》く消し飛ばした。

だが、

「「「「「ははは、怖い怖い。だがそっちこそ、単身で逃げに徹した《大怪盗《ファントムシーフ》》をそう簡単に捉えられるとは思わないことだね」」」」」

「あ⁉」

周囲一帯から響く声にリオーネたちはぎょっと目を見開いた。

自分たちの周囲に、まったく同じ姿、まったく同じ気配のセラスが何十人も出現していたのだ。《大怪盗》の分身スキル。しかもその分身たちは「それでは失礼」と言い残しそれぞれが凄まじい速度で四方八方に散っていく。

リュドミラが《エレメント・バレット》を乱射するが、全方位への弾幕はどうしても先ほどよりも密度が薄くなる。素早く逃げる分身のうち数体を仕留めるのがやっとであった。

「あああああ⁉　ふざけんじゃねえ泥棒猫！　いまここで一匹残らず駆除してやらぁ‼」

「待てリオーネ！　私たちが分散すればまたクロスを奪われるかもしれん、深追いは向こうの思う壺《つぼ》だ！」

「ぐ、ぬぬぬぬぬぬっ！」

「う〜！　できればここで潰《つぶ》しときたかったけどぉ……まあでもクロス君は無事に取り返せたし、ひとまずそれで満足するしかないかぁ」

引き留めるリュドミラにリオーネが唸り声をあげ、テロメアがクロスの頭を抱きしめながら息を吐く。

一方クロスはテロメアだけでなくリュドミラにもぎゅっと抱きしめられてあわあわと赤面しつつ、セラスが逃げ切ったらしいことに「よ、よかった……」と安堵《あんど》の息を吐く。

激しい戦闘も終結し、なんやかんや無事に師匠たちのもとへ戻れたことで、ようやく本当の意味で落ち着くことができていた。

けれど、

（あ……でも色々と騒ぎが続いたせいでちゃんと約束の返事ができなかったな……）

どのみちお別れするのは同じだったとしても、お世話になったぶんの挨拶《あいさつ》はしっかりしておきたかった……とクロスが心残りに思っていたところ、

「……あれ？」

ふと胸元に違和感を抱いてクロスは視線を下に向ける。するとそこにはいつの間にか一枚のメッセージカードが差し込まれていた。

（これって……）

師匠たちが引き続き周囲を警戒しまくるなかクロスがこっそりそのカードを見てみると、そこにはこう書かれていた。

『今回はボクのワガママに付き合わせてすまなかったね。どうやら少年の気持ちは彼女たち三人のもとにあるらしい。約束通りそちらに返そう。少年をゼロから見いだした師のもとでこれまで通り過ごすといい。この二週間は実に楽しかった。充実した時間をありがとう』

「……よかった、わかってくれたみたいだ」

ちゃんと返事はできなかったものの、ひとまずこちらの意志が伝わっていたことにクロスはほっとする。と同時にセラスとの別れを少し寂しく思いつつ、ふとそのメッセージカードを裏返したところ――、

「え」

そこにはさらにメッセージの続きがあった。

『けれど人の心というのは移ろうもの。こういうことにはタイミングもあるだろう。今回のように強引に攫《さら》うことはもうしないけど……それでもいつか必ず君の心をいただきに参上するよ　怪盗セラス』

「ちょっ!?　ぜ、全然わかってない!?」

クロスは改めて送りつけられた怪盗の〝予告〟に慌てた声を漏らす。

だが、

「ん？　どうしたクロス」

「え!?　あ、いやなんでも……」

無事に師匠たちのもとへ戻ってこれたことに心底安堵《あんど》しているはずなのに、クロスはそのメッセージカードを捨てることができなくて……。

心配そうなリュドミラの問いかけにも咄嗟《とっさ》に誤魔化《ごまか》しつつ、謎《なぞ》の背徳感とともにそれを懐へと隠してしまうのだった。

間違いなく厚意で自分を強くしてくれた怪盗との縁を、完全には断ち切りがたく思うかのように。

＊

そうしてクロスたちがバスクルビアへ帰還していくのを、セラスは遠くから眺めていた。

「やれやれ。せっかく運命の至宝に出会えたと思ったのに。いままで挑んできたなかで最も守りの堅いお宝のようだ。色んな意味でね」

服はボロボロ。気力もギリギリ。猛烈な攻撃を凌《しの》ぎきったうえに大量の分身を生み出したことで相応に魔力も消耗しており、セラスは疲れたように大きく息を吐く。

しかしその目はいままでになく輝いていて、

「難易度は文句なしのS級、いやSSS級か。けど……ふふ、だからこそ盗みがいがある。あんな環境に少年を置いておくのは少々癪《しゃく》だけれど……あの子の才能は複数の《職業《クラス》》のもとでこそ伸びるもの。今後はボクもあの街に潜伏してこっそり育成に手を出しつつ、しばらくは彼女たちに預けておこうじゃないか。最後の最後にあの子の心をいただくのはこのボクだ」

闇《やみ》に紛れ込んだセラスは飄々《ひょうひょう》とした態度のなかに極めて真剣な光を宿しつつ――どこか楽しげに呟《つぶや》くのだった。

《無職》の少年、クロス・アラカルト。

今回は逃がしたそのお宝に対して愛着どころか執着とも呼べる情念が芽生えていることに、いまはまだ無自覚なまま。

第三章　帰還と出発

1

セラスさんとの一件がいちおうの解決を見せたあと。

僕は師匠たちに連れられて無事にバスクルビアへ帰還できたのだけど……本当に大変だったのはお屋敷に戻ってからだった。

「なあおいクロスお前、本当にあの女から妙なことされてねえよな……？」

「**修行と称して強引に服を脱がす、素肌に触れる、いかがわしいマッサージを行う**など、君の素直さにつけ込むようなことはなかったか？」

「もしかしたらクロス君がなにも知らないのをいいことに禁術を仕込まれたりしてる可能性もあるから、されたことは恥ずかしがらずに全部教えてね～？　もしなにかされてたら……わたしがもっと強烈なことをしてすぐに上書きしないとぉ……」

と、攫《さら》われている間になにか変なことをされなかったか、なにやら凄《すさ》まじい魔力を放つ魔道具で色々と検査？　までされながら、リオーネさんたちから何度も繰り返し確認されたのだ。

さすがにセラスさんが僕に禁術を仕込んでいるようなことはないと思うけど……師匠たちからすればそんなことは当然わからないわけで。深刻そうな顔の師匠たちに、僕は覚えている範囲でその二週間のことを詳細に話した。じょ、女装とかのことも包み隠さず。

すると師匠たちはなぜか女装やダンス修行のくだりで「「「……」」」と表情を無にするなど不思議な反応を見せていたのだけど……話をすべて聞き終える頃には少し安心したように、

「「「このいつもの可愛《かわい》い赤面具合なら、一線を越えるようなことはしてないか……魔道具のほうもそう示しているし……」」」

なにやら小さく呟《つぶや》いて納得してくれるのだった。

けれど今回の事件で師匠たちにとても心配をかけてしまったのは間違いないようで……それは帰還後の修行方針にも少なからず影響を与えていた。

「いままでは戦闘にあまり使わないから後回しにしてたけど、今回の件で痛感したよ～。クロス君には誰かに捕まったり押し倒されたりしたときの自衛スキルが必要だよねぇ」

僕への事情聴取が終わってすぐ、テロメアさんがにっこりと微笑《ほほえ》みながら言う。

「というわけで、少し急だけどクロス君には今日から邪法聖職者の新しいスキルを教えるね～。触れた相手から色々なものを奪う吸収系のスキルだよ～」

「吸収系……いつも寝る前にテロメアさんがやってくれる《魔力吸収》とかですか？」

「だねぇ。けどまず教えるのは《気力吸収《マインドドレイン》》。これなら魔力や体力と比べてポーションでも回復されづらいし、相手のパフォーマンスも落ちやすいから～。Ｌｖが低いと吸収に時間がかかるけど、クロス君を押し倒したり攫《さら》ったりするゴミ……もとい人は向こうから長く触れてくるだろうから、そうやって強引に迫ってくる怪しい人がいたらこれで弱らせて撃退しようね～」

「は、はいぃ……！」

吸収系スキルの修行ということで、テロメアさんがその柔らかい手を絡めて気力を奪う感覚を教えてくれる。触れた肌から伝わる悩ましい感触に僕が顔を赤くしていれば、リュドミラさんが隣で低い声を漏らす。

「……《心魂悟知》か、確かに強力で有用なスキルだな。クロスの今後には確実に大きなプラスとなるだろう。いいことだ。だが、そうか、魔導師特殊《エクストラ》スキルよりも先に盗賊《シーフ》特殊スキルを……あのようなぽっと出の泥棒猫が……っ」

僕のステータスプレートを眺めてなにか呟《つぶや》いているリュドミラさん。

ど、どうしたんだろう……と思っていればリュドミラさんはこちらに優しい笑みを向け、

「クロス、君はこの二週間で《遅延魔法》のＬｖがそれなりに上がっているな」

「え？　は、はいそうですね。（セラスさんから逃げようとしたときや実戦修行なんかで）結構使う機会があったので」

「うむ、いいことだ。これなら新たに教えられる魔導師系の特殊スキルがある」

「え!?　特殊スキルですか!?」

「ああ。その名も《魔法装塡》。共通スキルでもある《体内魔力操作》と《遅延魔法》の組み合わせで習得できる、《遅延魔法》の完全上位スキルだ。近接職に近い魔力運用が必要なため習得難度が高いとされ、扱える魔法職は少ないが……魔法職と違い近接スキルを扱える君なら比較的容易に習得できるだろう。君の戦闘の幅を広げてくれる非常に有用なスキルだ」

リュドミラさんは《魔法装塡》の詳細を教えてくれるとともに、テロメアさんと入れ替わるように修行を開始。さらにはそれを見たリオーネさんが「《魔法装塡》か……もしかしたらアレがいけるかもな」となにか考えがあるように荒々しい笑みを浮かべていて。

師匠たちはこの二週間の遅れを取り戻すように、あるいはセラスさんに対抗するかのように、僕が疲れない範囲で次々と新しい修行方針を示してくれるのだった。


と、ひどく心配をかけていた師匠たちにはひとまず安心してもらえたわけなのだけど……

当然、心配をかけたのは師匠たちだけじゃない。

バスクルビアに帰還した翌日。師匠たちの事情聴取やなんだかやたらと熱の入った修行を終えた僕は急いで冒険者学校へと向かっていた。

「ええと……もう午前の授業は終わっちゃってるから、講義室より先に孤児組の溜まり場になってる談話室に行ってみたほうがいいかな?」

二週間ぶりの学校はなんだか少し気恥ずかしく、僕は《気配遮断》で目立たないようにしつつ人混みの中を進む。そしてなんだか妙な気まずさとともに「ええと、誰かいるかな……？」と談話室に顔を出したのだけど——そこから先はもうめちゃくちゃだった。

「クロスさまあああっ!?!?」

「うわあああああああああああああああああああああああっ!?　《身体硬化》！」

僕が談話室を覗《のぞ》き込んで声を発した途端。

孤児組の面々と一緒にいたギムレットさんが目にも止まらぬ速度で僕に突っ込んできたのだ。その整った顔は絶食でもしていたかのようにやつれていて、「本物ですか!?　ゴーストでも偽物でもない!?　従者リラが私を元気づけるためクロス様に扮したクオリティの低い仮装でもなく!?」と顔面が崩壊した状態で涙を流す。

そのあんまりな様子に僕は心配をかけたことを謝るより先にスキルを使って体当たりを防ぎつつ逃げようとするのだけど……ギムレットさんが上級職の全力でしがみついてきて引き剝《は》がせない！　いやこれ速度特化《職業》《クラス》の膂力《りょりょく》じゃないでしょ!?

「申し訳ありませんクロス様！　従者でありながらクロス様に命を助けられたばかりか、怪盗を名乗る不埒《ふらち》な輩《やから》に連れ去られるのを止めることもできず……！　いやそもそも攫《さら》われたというのも伝え聞いた話でその場にいることさえできなかった私は従者失格ですううううう！」

「わ、わかりましたから！　てゆーか気にしてないから大丈夫ですよ！　僕もすごく心配かけちゃったみたいですし、おあいことということで落ち着いてください！」

僕がギムレットさんを宥《なだ》めていれば、孤児組の面々も騒ぎに加わってくる。

「おいうるせーぞ貴族様！」

「クロスのこと心配してたのはお前だけじゃねえんだ俺らにも触らせろ！」

「ええい邪魔するな平民ども！　誰が一番クロス様を心配していたと思っている！」

「少なくともあんた一人だけじゃねーよ！」

「あ、そうだ！　また学長先生のとこにクロスの捜索進捗《しんちょく》確認しに行ってるジゼルにも知らせてあげないと！　ほっといたらあの子また気絶するまで剣振っちゃう！」

なんて話をしていると、
ドサッ！

談話室の入り口で荷物が落ちる音がした。

大騒ぎになっているはずなのにその音はやたらと耳に響いて。僕がどうにかギムレットさんを引き剝がしながらそちらに目を向ければ、

「ク、ロス……？」

「あ、ジゼル」

談話室の入り口に、荷物を取り落としたジゼルが立っていた。

まるでお化けでも見るような顔で啞然《あぜん》とするジゼル。

そんな彼女に「心配かけてごめん」と声をかけようとした……次の瞬間。


ぽろっ。


「……え!?」

僕はぎょっとして声につまる。

ジゼルの瞳《ひとみ》から大粒の涙がこぼれていたのだ。

「え、あ、ジ、ジゼル!? え、大丈夫!?」

いきなりの事態に大慌てで駆け寄る。するとジゼルはもの凄《すご》い形相でいきなり僕の肩を摑《つか》んできた。

「お前っ、お前いつ戻ってきやがったんだ!?」

「え!? ええと、実は昨日の朝には——」

「はああああ!? 昨日の朝だぁ!? 帰ってきたならすぐ知らせろやふざけんな殺すぞ!」

「あ、え、ご、ごめんっ。その、師匠たちに色々聞かれたりしててちょっとバタついてて……」

思わずバカ正直に答えた瞬間ジゼルが爆発するように叫び、あまりにも当然の怒りに僕は平謝りを繰り返す。するとジゼルははっとしたように顔を伏せて、

「……っ、ああくそ、違う、そうじゃねえ。こんなこと言いたいんじゃねぇ」

乱暴に涙を拭うと顔を上げ、僕の腕を掴みながらこう言った。

「……あの化物師匠のことといい、ここじゃ話せねえこともあんだろ。詫《わ》びも兼ねて奢《おご》ってやるからちょっと顔貸せ」

「え、詫び？　ジゼル、ちょっ⁉」

ジゼルはそのまま攻撃力に特化した《撃滅戦士》の膂力《りょりょく》で腕を引っ張り、僕を談話室から連れ出すのだった。

2

「おい待て山猿！　私もまだクロス様に謝りたいことがたくさ――――」

「はいはいはいはいはい貴族様ちょっと落ち着いて！　マジでいまだけは落ち着いて！　すっごい大事な場面だからいま！」

「はいそこ野次馬禁止！　ここで貴族様の足止めに協力しないとあとでジゼルにチクるからね⁉」

と《レンジャー》のエリンたち女子勢を中心になにやら騒がしい談話室を尻目《しりめ》に、ジゼルは僕を全力で引きずり校内をずんずん進む。

「あれ？　あの《無職》の子、街から逃げたって噂《うわさ》だったけど」

「攫《さら》われたんじゃなかったっけ？」

「なんでもいいけどいるじゃん普通に」

僕がしばらく街から姿を消していたことはそれなりに話題になっていたらしく、僕を見かけた人たちから様々な声があがる。

そうこうしているうちにジゼルが辿《たど》り着いたのは校内の食堂。隅のほうにある、人目を避けやすいボックス状の半個室席だった。

いまの僕はいつ上級職の襲撃を食らうかわからない立場にいるため、気軽に外食もできない。なので食事をしつつ密談できる場所は限られていて、ジゼルはそのあたりも考慮してここを選んでくれたみたいだった。

「それで……この二週間どうしてたんだよお前」

僕をボックス席に放り込んだジゼルが、一番高い定食を二人分もってきて向かいの席に座ってからジトっとした半眼で聞いてくる。

それまで僕はジゼルの急な行動に困惑しっぱなしだったわけなのだけど……とにかくジゼルを凄《すご》く心配させてしまっていたのは間違いないみたいで。

僕はそのことをまず謝ってから、ジゼルにも事の顛末《てんまつ》を詳しく話した。

ジゼルはリオーネさんたちの存在も知っているので、最後に助けてもらったことも含めてほぼ包み隠さずだ。

ジゼルは一通り話を聞いたあと、安堵《あんど》と同時に呆れたような表情を浮かべる。

「怪盗セラスの仕事のパートナー候補として攫われたって……なんだよそりゃ。あの化物三人組といい、お前ヤバイのに目ぇつけられすぎだろ……」

「え？　そ、そうかな……？」

凄い人、というならわかるけど、ヤバイ人に目をつけられてるってことはないような……。

「いや、けど……お前が今回ヤバいのに目ぇつけられたのは私のせいでもあるか」

「え？」

ジゼルのせいって、なにが……？

ふと呟《つぶや》かれた言葉に面食らっていると、ジゼルが顔を伏せながら続ける。

まるでそれが本題だとばかりに。

「……悪かったな。私がもっと強けりゃお前が怪盗セラスに攫われることもなかったかもしれねえのに」

「え……!?　ちょ、なんでそうなるの!?」

「だってそうだろ」

ジゼルは目を丸くする僕の言葉にかぶせるように、

「怪盗セラスがお前を攫うって決めたのは、お前がゴーレムとほぼ一人でやり合ってたときだ。お前が玉砕覚悟で突っ込んだ瞬間だ。だからギムレットのヤツが倒れたあとも私が《慢心の簒奪者《ロブリー》》以外で援護できるくらい強けりゃ、お前はあの盗賊に目をつけられなかったかもしれねえ」

言ってジゼルは僕の言葉も待たず、懺悔《ざんげ》するように言うのだ。

「けど……クソ、口ではこうやって詫《わ》びても、実際どうすりゃお前やギムレットに追いつけるのかわからねぇんだ。せっかく《撃滅戦士》なんて《職業《クラス》》を授かって、初期スキルが十も出て周りから持ち上げられてたっつーのによ……伸び悩んで足手まといになって、なにがA級冒険者候補だ情けねぇ」

「い、いやジゼルそれは……」

ギムレットさんはそもそも僕らより五つも上の十九歳だし、僕の飛躍だって全部師匠たちのおかげ。《職業》授与から二か月足らずで中級職に至ったジゼルが飛び抜けた才能を持ってるのは間違いないし、もとより今回の件でジゼルが謝ることなんて全然ないのだ。それ以前に、ジゼルのユニークスキルにはこれまで何度助けられたか。

けれど……。

ジゼルが気に病んでいるのはきっと、あの夜なにもできなかった自分へのふがいなさで。無力だった自分への嫌悪で。

ずっとレベル0で欠片《かけら》も成長できなかった僕にはその気持ちがよくわかるからこそ、思い詰めたように漏らすジゼルに安易な気休めは言えなかった。かといって修行については師匠たちに頼り切りである僕には具体的なアドバイスもできなくて……どう声をかければいいかと迷っていた、そのとき。

「……っ！　いた、本当にいた……っ！」

「え」

食堂内に風が吹いた。

かと思った次の瞬間、

「……無事だったのね、クロス……っ！」

「え……？　っ!?　エリシアさん!?」

ボックス席に座る僕の眼前にいつの間にか白銀の人影が立っていて――いつかのようにぎゅっと手を握ってきた憧《あこが》れの存在に、僕は心臓が止まりそうなほどに仰天して目を見開いていた。

3

およそ一か月ぶりに顔を合わせたエリシアさんは、相変わらずこの世のものとは思えない可《か》憐《れん》な相貌《そうぼう》をしていた。一振りの宝剣を連想させる美しい銀髪に、芸術品を思わせる整った顔立ち。セラスさんが言っていたようにあの夜の襲撃では苦戦らしい苦戦もなかったようで、透き通るような肌には傷一つない。

それにはひとまずほっとするのだけど……僕の思考はそこで完全に停止してしまっていた。

憧《あこが》れの存在であるエリシアさんが、両手で僕の手を握っていたのだ。

い、一体なにがどうして⁉

真っ赤になって固まる僕に、認識阻害の外套《ポンチョ》を羽織ったエリシアさんは声に詰まりながら言う。

「良かった……ずっと心配してたの……私なんかの警備に参加して、その最中に攫《さら》われたって聞いて……っ。サリエラ学長からは優秀な冒険者が行方を追ってるから大丈夫とは聞いていたのだけど……ずっと音沙汰がなくて……さっきあなたを学校で見かけたって話を聞いて……学校中を探し回って……っ」

「……っ⁉」

顔を寄せてまくし立てるエリシアさんに僕は目を白黒させる。

も、もしかしてエリシアさんも僕のことを心配してくれてた……？　と動きの鈍っていた頭が認識するにつれて顔の赤みが増していく。

そうして狼狽《うろた》えまくった僕はしばらくまともに喋《しゃべ》ることもできなかったのだけど……ふと

周囲のざわめきに気づいた。

「なに騒いでんだあそこ……？」

「行方不明って言われてた《無職》じゃねあいつ」

「そっちはそうだけど、もう片方の人もどこかで見たことがあるような……」

僕とエリシアさんの騒ぎが周囲の視線を集めてしまっていた。

人目を避けやすいボックス席にもかかわらずチラチラとこちらを見る人がいて、僕だけでなくエリシアさんにまで注目が集まっているようだった。

エリシアさんの羽織っている外套《がいとう》は、周囲の人がエリシアさんをエリシアさんと認識できなくなる代物。けどいま手を握られている僕がエリシアさんを認識できているようになにかアクションを起こせばバレるし、目立ちすぎると周囲に対してもその効果が失われてしまう。

勇者の末裔《まつえい》としての立場からあまり目立ったことができず、それでもわざわざ外套を羽織って僕を探しに来てくれたのだろうエリシアさんの気遣いが無駄になりかけていた。

そこで僕はようやく混乱から少しだけ脱し、慌てて口を動かす。

「あ、あのエリシアさん、なんだか凄《すご》く心配をかけてしまったみたいですみませんっ。けどその、いくら外套があるとはいえあまり騒ぐと周りにエリシアさんのことがバレちゃいますよっ。僕はこの通り無事に帰って来れたので、大丈夫なので！」

「……あ、そうよね。私だけならまだしもクロスまで変に注目されるのはよくないし……ごめんなさい。……とにかくクロスが無事でよかったわ……」

エリシアさんは僕の言葉にはっとしたように目を見開き、静かに口を手で押さえる。

そんな可愛《かわい》らしい仕草に僕が改めてドキドキしていれば、エリシアさんは人目を避けるために当たり前のように僕の隣に座って話を続けた。

「本当に無事でよかった……けど、元を正せば私の警備に参加したせいで危ない目に遭ったのよね……。ごめんなさい、また改めてちゃんとお詫《わ》びをさせてほしいわ。……そうね、もしクロスが嫌じゃなければだけど、前に何度か一緒に行ったお店に新しいメニューが出ていたから、時間が取れたらまずはそこで私がご馳走して――」

「……………………は？」

と、責任を感じているらしいエリシアさんがいつかのように僕へ「お詫び」を提案してくれたそのときだった。

向かいの席から、唖然《あぜん》とした低い声が聞こえてきたのは。

「え……あ!?」

エリシアさんの登場で完全にパニックになっていた僕はそこでようやく気づく。

いくらエリシアさんが羽織っている認識阻害の外套《がいとう》が高性能だろうと、同じボックス席で僕らのことをガン見している人の認識まで誤魔化《ごまか》せるわけがないのだと。

「おま、クロス、勇者エリシアがなんでそんな距離感で!?　つーかてめえ『前に何度も一緒に行った店』ってどういうことだおい⁉」

　ついさっきまで思い詰めたような様子だったジゼルが「それどころじゃねぇ！」とばかりにもの凄《すご》い顔をしてテーブル越しに僕の胸ぐらを掴《つか》んでくる⁉

「喧嘩《けんか》祭りのときから……いやそれより前から噂《うわさ》話やらなんやらでなんかおかしいとは思ってたが、てめぇなんもねーってってたよな⁉」

「あ、あわわ、いやその、それは……っ」

　ジゼルの激しい詰問に僕はどうしていいかわからず目を泳がせる。

　エリシアさんとの交流については完全に向こうの厚意によるもの。周囲にバレたら「こっそり護衛を撒《ま》いて抜け出している」らしいエリシアさんに迷惑がかかるかと思い誰にも話していなかったのだ。それはもちろんジゼルも例外ではなくて……。

　い、一体どうすれば……⁉

　大混乱に陥っていると、そんな僕の隣でエリシアさんがジゼルに顔を向け、

「……あなた……前にクロスと喧嘩してたガラの悪い子……？」

　エリシアさんはジゼルの存在にいま気づいたとばかりに首を傾げて、さらなる爆撃を放った。

「私が選ぶのに協力したお菓子のおかげで仲直りできたって聞いてたけど……そう、二人きりでお昼ご飯を食べるくらいに仲直りしてたのね……」

「あぁ？　お菓子？　……っ！　あの舐《な》め腐ってるとしか思えねぇ詫びの品か⁉」

なぜか少し声が低くなったエリシアさんの発言を受けてジゼルがさらに目をつり上げる!?

「おいてめえやっぱりなんかあるじゃねーか！　いつから勇者の末裔《まつえい》とこそこそ会ってやがった!?　全部吐けコラ！」

「い、いやあのぅそれは……ジ、ジゼルひとまず声を抑えないと周りの目が……」

「ああもういいてめぇを問い詰めても埒《らち》があかねえ！」

ジゼルは僕から手を放すとソファーに座り直し、犯罪組織のボスみたいな姿勢と表情で今度はエリシアさんに鋭い視線を向けた。ちょ、ちょっと!?

「これはこれは、勇者エリシア様ともあろう方がうちの派閥の平民リーダーとどういうご関係で？　場合によっちゃあ色々と面倒なことになるんでいますぐ教えていただきたいんですがねえ？」

「……………………別に。私がクロスに迷惑をかけることが多いから、たまに二人でこっそり出かけることがあるだけ」

「……へぇ」

エリシアさん!?

い、いやまあ確かにここまで来たら隠し通すなんて無理だし師匠について黙っててくれてるジゼルになら話しても問題ないとは思うけどそんなにあっさり話しちゃっていいんですか!?

目を剝《む》く僕をおいて、二人のやりとりはさらに続く。

「二人でお出かけねぇ……具体的にはどこでなにを？」

「…………私とクロスのプライベートについてあなたにそこまで話す必要があるのかしら」

「（ビキッ）そりゃありますねぇ。私ら派閥構成員の知らないところで、ほかの貴族派閥どころか王国まで敵に回すようなことされてた場合、下手すりゃ命に関わるもんで」

あわ、あわわわわわっ。

なんだかよくわからないけど、どんどん空気が悪くなっていく!?

しかもその不穏な気配は感知力に長けた《盗賊《シーフ》》や《レンジャー》の人たちにがっつり気取られているようで、

「ん？　なんか誰か魔力放ってない？　殺気混じりの」

「またこの前みたいに誰か痴話喧嘩《げんか》してんじゃないのー？」

「あー、二股してたクズ男が刺されたやつね。スキルまで使った一撃でさぁ、ざっくりだよ」

「こわ～」

さっきジゼルが声を張り上げていたこともあわせ、僕らのいるボックス席がまた耳目を集めはじめていた。

ま、まずい……！

ジゼル一人に知られるだけならまだしも、このまま周囲にバレるとそれこそエリシアさんにまで迷惑がかかってしまいかねない。さらにはジゼルが懸念していたように孤児組やギムレットさんたちにも厄介事が降りかかる可能性もあるわけで。

二人の間に漂う不穏な空気を一刻も早くどうにかする必要があった。

（で、でもどうやって!?　え、ええと話題を変えるとか!?　けどこの状況で一体どんな話題を振れば――あ）

パニック状態に陥っていた頭が、先ほどのジゼルとの会話を思い出す。

それは、僕が咄嗟《とっさ》に答えることのできなかったジゼルの深刻そうな悩み。

だから色々な意味で状況を打開するきっかけにならないかと、思いつくがままに睨《にら》み合う二人の間へと割り込んでいた。

「あ、あのそれよりエリシアさん！　ちょっとアドバイスをもらえませんか!?」

「え……？　アドバイス？」

「はい！　ジゼルは《撃滅戦士》なんですけど、実は修行の方針に困ってるみたいで、いまちょうどその話をしてたんです。なのでエリシアさんからもなにかアドバイスがもらえないかと思って！」

「ああ!?　クロスてめえいきなりなに言ってやがんだ!?」

「ご、ごめんジゼル。けどさっきはあんなに深刻そうにしてたし……僕じゃ無理でもエリシアさんならなにかいい知恵がないかなって……」

「べ、別に深刻そうになんてしてねえよ！　……ああくそ、よく考えたらあんな構ってちゃん丸出しなことまで言うつもりなかったっつーのに……忘れろさっきのは！」

ジゼルが微《かす》かに顔を赤くして荒ぶり、僕はその声がまた周囲の注目を集めやしないかハラハラしながらジゼルを宥《なだ》める。そんななか、

「《撃滅戦士》の修行方針……？」

僕の相談を真面目な顔で聞いてくれていたエリシアさんが小さく首を傾げる。

そしてとても簡単な質問をされて逆に戸惑うように、

「……そんなの決まってるわ。特化型《職業《クラス》》の修行なんてやることはひとつ。とにかくその《職業》で一番伸びるステータスにあったスキルを伸ばすのが最適解よ。《撃滅戦士》なら……膂力《りょりょく》。つまり破壊力に特化した攻撃スキルと膂力強化系スキルをひたすら磨けばいい」

「あ……!?　んな脳筋みてえな方針で格上の速度にどうついていきゃあ――」

「実際……私が戦ってきた人族の中で特に苦戦した猛者の一人は、私と同じ速度特化の《瞬閃剣士》じゃなくて……ひたすら力に特化した《撃滅戦士》だった」

「……っ」

落ち着いた声で、けれどはっきり断言したエリシアさんの言葉にジゼルが目を剝《む》いて黙り込む。

そしてなにか考え込むように顎《あご》に手を当てて沈黙を続けると……やがてなにかを摑《つか》んだように瞳《ひとみ》に力が宿った。ジゼルは大きく息を吐いて、

「……ちっ、私としたことが。なんでもできる《無職》や速度特化のバカ貴族に惑わされて当たり前のことが頭からすっぽ抜けてたな。そりゃ伸び悩むわバカバカしい」

自嘲《じちょう》するように頭を掻《か》く。

それから先ほどよりも少しだけ砕けた態度で「なああんた」とエリシアさんに顔を向け、

「どうもクロスとは長いこと裏でこそこそ仲良くやってるみてぇだが……あの化物どもはともかく、勇者であるあんたには負けねえからな。私にアドバイスしたこと、後悔しないでくださいよ」

「……」

なぜかいきなり挑戦状のような言葉を叩きつけるジゼルをエリシアさんが無言で見つめ返す。

さっきほど不穏な空気ではないにしろ、二人の間にはなにか張り詰めたものがあって。

え、ええと、これはどういう流れなんだろう……だ、大丈夫なのかな……？　とまたなにか物騒な空気になりやしないかと僕がビクビクしていたところ、ジゼルはエリシアさんから視線を外し、

「ただ、まあ……今日のところは席を譲っときますよ。役に立つ助言ももらっちまったし」

そんなことを言いながらテーブルの上を片付け急に席を立った。

え？

「ジゼル？　どうしたの急に、どこ行くの？」

「演習場」

戸惑う僕にジゼルが振り返りもせずに言う。

「私がいまやるべきことは、情けない詫《わ》びでも小競り合いでもねえからな」

そしてジゼルはまったく迷いのない足取りで食堂を出ていってしまうのだった。

ついさっきまで深刻そうな表情を浮かべていたり、僕やエリシアさんを激しく詰問していたのが嘘《うそ》のように。

「え、えぇと……エリシアさんのおかげでいい感じに調子が戻ってくれたみたいなのはなによりだけど、それにしたっていきなり演習場なんて急すぎるような……席を譲るとかよくわかんないことも言ってたし、どうしたんだろうジゼル……」

「わからないけど……」

首を捻《ひね》る僕に、エリシアさんがジゼルの去って行った方向をじーっと眺めつつ、

「クロスに原因がある気がする……」

「え、僕ですか!?　なんでです!?」

「……なんとなく……？」

「え、えぇ……」

エリシアさんはなにやら自分でも言語化しづらい感覚に戸惑うかのように可愛《かわい》らしく首を傾

げるばかりで答えは出ず……。

それから僕とエリシアさんは今回の誘拐事件でお互いに無事だったことを確認して喜びあいつつジゼルの件で改めてお礼を言うなど、短い時間を一緒に過ごすのだった。

「……今回の誘拐事件については、また改めてお詫びをさせてね？　あのジゼルって子へのアドバイスだけじゃ全然足りないし……また時間ができたら必ず教えるから」

別れ際にも念押しするようにそう言ってくれるエリシアさんの気遣いを、とてもありがたく思いながら。

4

そうしてバスクルビアに戻ってしばらくは帰還報告などでバタバタしていたものの数日経てばどうにか落ち着き、僕は学校に通いながら師匠たちに修行をつけてもらういつもの日常に戻っていた。

「ふー」

今日もまたリオーネさんたちにたっぷりと指導してもらい、各種ケアを受けてから大浴場で汗を流す。ようやく元通りになってきた生活に僕はほっと一息ついていた。

ただ、少し気になることもある。

「僕が自意識過剰なのかな……屋敷に戻ってきてから師匠たちの距離が微妙に近いような……。リュドミラさんのマッサージも前に比べてなんかこう、ねっとりしてる気がするし……」

気のせいか、以前よりもマッサージにかかる時間が少し延びてたり薬液を塗り込む手つきが丁寧になっている節があるのだ。いやまあ、以前に比べて使っているスキルも複雑化してきたし、魔力開発のマッサージもより丁寧にやらなきゃいけないってだけなんだろうけど……思い出すだけで顔が火照《ほて》ってきてしまう。

「師匠たちとの生活にも少しは慣れてきたと思ってたけど、やっぱりすごくドキドキしちゃうや……」

いやでも師匠たちは厚意で僕に修行をつけてくれてるわけで。

あまりにも綺麗《きれい》な師匠たちを意識してしまうのはもう仕方がないとはいえ、意識しすぎるのも失礼だよね……。

僕は自分をいましめるように頭から冷水をかぶる。

「ふぅ。よし、じゃあ早いとこ身体《からだ》を洗って湯船にも浸かってお風呂を出ないと。リュドミラさんたちがご飯を用意してくれてるし」

と我ながら恥ずかしい雑念を振り払うようにして身体を洗おうとしたそのときだった。

カララ……

浴場と脱衣所を繋《つな》ぐ扉が開く微《かす》かな音がしたのは。

え？　と思って振り返れば――


「クロス君～♥」


湯気の向こうにテロメアさんが立っていた。

身体の前面をタオルで軽く隠しただけの格好で。


「っ!?!?　え、ちょっ、テロメアさん!?　い、一体なに――」

「あ、だめだめクロス君～♥　ほかの人に聞こえちゃうから静かにしないとだよ～」

あまりにも唐突な出来事に僕は心臓が止まりそうなほど驚くのだけど、あげかけた悲鳴は途中で完全に封じられた。《邪法聖職者》とは思えない速度で動いたテロメアさんが瞬時に僕の口を塞《ふさ》いだのだ。

「大丈夫だから落ち着いて～、変なことはしないから～。静かに、し～だよ～」

言ってテロメアさんはゆっくりと僕の口から手を放すのだけど、相変わらずテロメアさんはタオル一枚。さらには僕自身も全裸であることを遅れて思い出し、慌てて身体を隠しながら反射的に目をつむる。

「ちょっ、え、な、どうしたんですかテロメアさん、なんで急にお風呂場に⁉」

「急にごめんね～。でもほら、最近クロス君は大変なことが続いてたでしょ～？　だから背中を流して労《ねぎら》ってあげようかと思ったんだ～♥」

「せ、背中を流す……⁉」

「うん。こんなふうにね～」

声を潜めて叫ぶ僕に、テロメアさんの蠱惑的《こわくてき》な声が浴室に反射しながら響く。

次の瞬間――ぬちゃっ。

「うひゃぅ⁉」

目をつむって微動だにできなくなっている僕の背中に、柔らかくて温かくてぬめぬめしたものが触れて這《は》い回る。な、なんだこれ⁉　と一瞬思ったけど、これってもしかして……テロメアさんが手に直接石鹸をつけて僕の背中を洗ってくれてる⁉

「……っ、ク、クロス君、しっかり毎日修行を頑張ってるおかげで身体《からだ》も少しずつできてきてるね～。全身洗ってあげるから、そのままじっとしててねぇ……？」

言って、テロメアさんがさらに身体を密着させてきた。

手の平だけでなく腕全体に石鹸をまぶし、後ろから僕の腕に搦《から》めてくるのだ。

柔らかい感触が腕全体を包んでビクビクと身体が跳ねる。さらにはテロメアさんが背後から

密着してきたせいで、なにか柔らかな感触がタオル越しに背中に押しつけられて――。

「テロメアさん!?　ちょ、ちょっとこれはその、いいんですか!?」

僕は熱暴走で倒れそうになりながら叫ぶ。

けどテロメアさんは「え～？」と僕の耳元で囁《ささや》くように、

「クロス君は毎日あの破廉恥なハイエルフに――もといリュドミラちゃんにマッサージしてもらってるでしょ～？　それと同じようなものだから大丈夫だよ～」

い、いやそうですけどこれって同一視していいものなんですか!?

リュドミラさんはあくまで手の平だけでぬるぬるしてたし、タオル一枚でもなかったはずだし！　けどあまりの事態に混乱した僕は口が回らず「あ、あわわ」としか喋《しゃべ》れなくなる。

そんな僕にテロメアさんが耳元でさらに囁いてきた。

「もちろんクロス君が嫌だったらすぐにやめるけどぉ……クロス君はわたしに背中を流してもらうの嫌かな～？」

「い、嫌ではないです！　凄《すご》く恥ずかしいだけで、それは全然ない、です、けど……！」

むしろ最近大変だった僕を労《ねぎら》ってくれるテロメアさんの厚意が嬉しいまである。

ただそれはそれとしてこんな風に身体《からだ》を洗ってもらうのは色々な意味でまずいんじゃ!?　でも嫌じゃないとわかってもらいつつやめてもらうにはどうしたら!?　と僕がパニックでガチガチに固まっていた――そのときだった。

ふと違和感に気づいたのは。

一度気づいてしまえばその違和感はあまりにも露骨で。

ほんの少しだけ冷静になった僕は顔を真っ赤にしながら口を開いた。

「あ、あのっ、テ、テテ、テロメアさん!?」

「ん～?　どうしたのクロス君～」

「そ、その、労ってもらえるのは凄くありがたいんです、けど、あの、む、無理してませんか……!?」

「え?」

ぴた、と動きを止めるテロメアさんに僕はさらに続ける。

「な、なんだかさっきから手が震えてて、伝わってくる鼓動も凄く強いような気がして……」

「えっ、い、いやそんなことはないよ……あ、いや、そんなことないよ～?」

テロメアさんが否定する。けど、いま一瞬声がおかしかったし、やっぱり無理してるんじゃあ……と僕がテロメアさんを止めようとしたそのときだった。

「ク、クロス君いる～?　あんな事件もあったしやっぱりクロス君は色仕掛けとかに耐性をつけておいたほうがいいと思うんだよね～。口頭注意だけじゃ狼狽《うろた》えちゃうのまではカバーできないしぃ……ちょ、ちょ～っと恥ずかしいけどわたしが一肌脱いであげるよ～。クロス君のはじめてがこれ以上危険にさらされる前に最低限のマーキングはしておきたいし～」

脱衣所のほうから、知っている声が響いた。

「ふぇ？」

あり得ない声に僕が思わず目をあけて脱衣所のほうを見れば、そこにはタオルをしっかり身体《からだ》に巻いたテロメアさんが立っていて、

「え？」

「え？」

え？　じゃあいま僕の背中を流してくれてるテロメアさんは……？

と僕が完全に思考停止していた次の瞬間、

「なっ!?　なにこれえええええ!?　わたしのクロス君がわたしに寝取られてる～!?　《スピードアウト・ワールドブレイク》！」

先ほどまで僕と一緒に停止していたテロメアさん（タオルをしっかり巻いてる）が混乱のせいか意味のわからないことを叫びながら、けれど間髪入れず弱体化の黒霧を放った。

すると僕の背中を流していたテロメアさん（？）が一瞬で掻《か》き消え黒霧を完全回避。

い、一体どこに!?　とテロメアさんの手で速度低下の効果を打ち消してもらった僕が周囲を見渡していれば、いつの間にか開け放たれていた大窓の向こうから聞き覚えのある声が聞こえ

てきた。

「やれやれ。思ったよりも早くバレてしまったね。いやまぁ、頃合いといえば頃合いだったかな……？」

「っ!?　セ、セラスさん!?」

月を背負って屋敷の天辺に立っていたのは、猫の耳と尻尾を揺らす《大怪盗《ファントムシーフ》》、セラス・フォスキーアさんだった。セラスさんはいつもの黒いタキシードにシルクハットという格好で僕を見下ろし、不敵な笑みを浮かべる。

「やあ少年久しぶりだね。元気にしているか気になったものだから、君の師匠に化けて会いに来てしまったよ」

「ば、化けてって、じゃあさっきまでのテロメアさんは……セラスさんだったんですか!?」

全然気づかなかった！

いやけど顔を見に来るまではわかるとして、なんでわざわざお風呂場であんなことを!?　と僕はあまりにもあんまりなセラスさんの行動について尋ねようとしたのだけど、

「なんか妙な気配がしねえか？　つーかおいテロメアなに騒いで――っ!?　出やがったなこの泥棒猫がああああああ！」

「数日と経たずまたクロスを狙うとは、今度こそ消し炭にしてくれる……！」

「やっちゃえリオーネちゃんリュドミラちゃん～！　ふ、服がなくて全力で戦えない……っ」

「つーかなんでクロスが風呂に入ってる時間にタオル一枚なんだテロメアてめえ⁉　この際だからまとめてぶっ殺すぞオラァ！」

「い、いまはそんな場合じゃないよ〜、狙いが分散すると逃げられ――」

「うるせえええ死ねえええええ！」

ドッゴオオオオオオオオオン！

「わあああああああああっ⁉」

騒ぎを聞きつけたリオーネさんとリュドミラさんが合流してからはもう滅茶苦茶。

「もう少し少年と話をしたかったけれど、これはもう無理そうだね。まあ目的は果たしたし、これ以上少年の修行を邪魔しても悪い。今日のところはさっさとお暇させてもらおうかな」

凄《すさ》まじい威力で放たれるスキルの数々を難なく避けたセラスさんはあっという間に闇夜《やみよ》へ消えてしまい、その真意を知ることはできなくて、

「な、なんだったんだろう一体……」

タオル一枚のまま、僕は先ほどのあれこれに赤面してまた動けなくなるのだった。

＊

――と、クロスが浴室での出来事に困惑する一方、数多《あまた》の殺人スキルを躱《かわ》しきって逃走に

成功したセラスは不敵に微笑《ほほえ》んでいた。

「ふふ、少し無理をして潜入した甲斐があったね。ああしてボクが化けた姿で過激なアピールをしておけば、もし今後あの三すくみが崩れて誰かが少年に破廉恥な手で迫っても警戒されてうまくいかないだろう。少し卑怯《ひきょう》だけど、ボクはあの三人に比べて圧倒的に不利なんだ。このくらいは許してもらわないとね」

クロスの取り乱し様を思い出し、セラスはクロスがあの三人とまだ爛《ただ》れた関係でないことや作戦の成功を確信して笑みを深める。

相変わらず少年の心は三人のもとにあるようだが、そのあたりは織り込み済み。バスクルビアにも拠点を用意したし、あとは彼らの修行の邪魔をしない範囲で長期的にじっくりと詰めていくだけだ。

すべては想定通り。クロスに送った予告状の通り、何年かけてでも彼の心を盗んでみせるとセラスは決意を新たにする。

ただ、想定外だったことがひとつだけあって――。

「それにしても……最上級の変装スキルを使っていたから本当に自分の肌を晒《さら》したわけではないというのに……。少年に気取られるほど緊張してしまうなんて、ボクもまだまだ修行が足りないな……」

しばらく少年とは顔をあわせられないね……。

セラスは鏡を見ずともわかるくらい熱を持ってしまった頰《ほお》を誰にともなく恥じるように、シルクハットを深くかぶりながら月下のバスクルビアを駆け抜けた。

5

「あんの泥棒猫……！　まさか屋敷にまで侵入してくるたぁいい度胸してやがる……！」

「私たち三人がかりであれば《大怪盗《ファントムシーフ》》の侵入も少なからず感知可能とはいえ、それも限度がある。最上位の感知系マジックアイテムを揃えて屋敷の防衛を強化せねば……！」

「クロス君～！　本物のわたしはあんな痴女みたいなことしないからね～!?　あれは怪盗セラスが化けてた偽物のわたしで、お腹周りのお肉だって悪意がある変身だったんだよ～！」

セラスさんがお屋敷に襲来してしばらくはなんというか、色々と大変だった。

セラスさんの再来を危惧《きぐ》した師匠たちが僕に四六時中ついてくれていて、お風呂やトイレまで完全監視。入り口で師匠たちが見張っているような状態になっていたのだ。

いちおう、師匠たちが取り寄せてくれたマジックアイテムによってお屋敷の警備が速攻で強化されたため、その恥ずかしい警戒体制はわりとすぐに緩和されたのだけど……相手が《大怪盗》ということもあって念のために警戒は継続。

特に就寝時は添い寝に近い距離で師匠たちが寝室を見張るなどしつつ、お屋敷のさらなる警備強化に奔走してくれるのだった（テロメアさんに《魔力吸収》してもらって半ば気絶するように眠っているからいいものの、そうでなかったら眠れなくなっていたに違いない……）。

と、そんな恥ずかしくて申し訳ない状態がしばらく続いたある日のこと。

「あれ？　リオーネさん、どこかに出かけるんですか？」

学校がお休みの週末。ここしばらく警備強化に奔走してくれている師匠たちの代わりにお皿洗いくらいはしておこうと食堂にやってきた僕は、なにやら出かける準備をしているリオーネさんを見つけて声をかけていた。

「おう、ちょっとサリエラ経由で遠方の依頼があってな」

リオーネさんは革袋の外見をした魔道具《アイテムボックス》に食料を放り込みながらこちらを振り返る。

「普通ならそんな急いで受ける仕事でもねえんだが、警備の強化で最近ちぃと出費が重なってたからな。面倒なぶん割の良い仕事みてぇだし、受けてやることにしたんだよ」

「そうなんですか……」

聞けばテロメアさんとリュドミラさんも屋敷の警備体制がある程度整ったため今日は早朝から依頼をこなしに外出しているらしく、二人が戻ってき次第リオーネさんも出発する予定とのことだった。それを聞いて、僕の口から思わずこんな言葉が漏れる。

「あの……その依頼、僕もなにかお手伝いできませんか？」

「え？」

「あ、ああいや、僕がS級冒険者の仕事を手伝うのは難しいとは思うんですが……」

驚いたように目を丸くするリオーネさんに、僕はあわあわしながら自分の気持ちを口にする。

「リオーネさんたちは全然気にしてないかも知れないんですけど、やっぱり僕のために色々と尽力してもらってるなかでなにもできないのは申しわけなくて。もし僕にも手伝えることがあればやらせてほしいんです！」

そもそもの話をしてしまえば師匠たちは高級な食事や秘薬など、挙げればキリがないほど僕によくしてくれている。きっと師匠たちはその延長で警備強化のマジックアイテムを揃えたりしてくれていて、出費を出費とも思っていないのだろう。

けどやっぱり僕のことを心配して色々としてくれている師匠たちを前になにもしないのは落ち着かなくて。

さすがに仕事を手伝うなんて難しいかもしれないけれど……と思いながら僕はリオーネさんに頼んでいた。

するとリオーネさんはなぜか照れたように僕から顔を逸らして頭を掻《か》きながら、

「……ああクソ、やっぱ可愛《かわい》いなクロスのやつ。……けどそうだな、考えてみりゃ短期遠征合宿じゃあ結局ババアの依頼優先でクロスと二人で仕事ってのができなかったし、最近は泥棒猫騒ぎでクロスとの時間を削られまくりだったからな。しかもテロメアとリュドミラのバカ二人は相変わらず隙《すき》さえありゃあクロスとのスキンシップを増やそうとしやがるし……！　それによく考えりゃ今回の依頼はそんな危険なもんでもねぇ……クロスもそこそこ強くなってきたいまならまあ、大丈夫か」

　リオーネさんはなにやら検討するようにぶつぶつ漏らすと、

「よし、そんじゃあ今回はあたしの依頼を手伝ってもらうか！」

「っ！　いいんですか!?」

「おう！　よく考えりゃ屋敷に籠もってるより遠征してたほうが泥棒猫の寄ってくる可能性も低くて安全だしな！　ちったぁ依頼をこなしたほうがクロスも気が軽くなって修行が進むだろ」

「ありがとうございます！」

　優しく笑ってくれるリオーネさんに僕も満面の笑みを返す。

　そうして僕はリオーネさんが二人分の荷造りをしている間に皿洗いを全部済ませて。

　リオーネさんと一緒にリュドミラさんとテロメアさんへ書き置きを残し、バスクルビアの街を飛び出すのだった。


　――それがまさか、とある小国の命運を左右する大事件に巻き込まれることになるなんて、思いも寄らないまま。

＊

そこは、深い森の中にある洞窟だった。

いくつもの松明《たいまつ》が闇《やみ》を照らし、岩窟の最奥に設置された祭壇が光を反射する。

祭壇は血にまみれていた。

傍らには骸が積み上げられていた。

おぞましい痕跡《こんせき》の残る祭壇の前で、ひとつの影が身体《からだ》を震わせながら低い声を漏らす。

「長かった、惨めだった……どれだけ研鑽《けんさん》を積もうが届かず、他者に教えを請おうが殻は破れず。人外領域の先はどこまでも果てしなく、求める力は得られなかった。だが……だがいまは違う！」

骸を踏み荒らし、血塗られた祭壇を見上げ、その影は歓喜の声をかき鳴らす。

「人の身を捨てて十数年。力を蓄え技を磨き、私は生まれ変わった……！　これならば……禁術に選ばれ本来の力を手にしたいまの私ならば——頂点職さえ打ち破れる！」

死の匂いが充満する洞窟の主は叫び、打ち震え、さらなる力を求めるように足下に転がる命を啜《すす》り続けた。

第四章　危険度《リスク》9オーバー

1

リオーネがクロスとともにバスクルビアを飛び出してしばらくした頃。

「帰ったぞリオーネ。クロスの警護は私たちに任せてとっとと依頼に行くがいい」

「ただいまだよクロスくーん。リオーネちゃんになにか変なことされなかった～？　まぁリオーネちゃんはそのあたりお子ちゃまだから短時間なら問題ないってわかってるけど～」

ちょうど同じタイミングで屋敷に戻ってきたリュドミラとテロメアは、それぞれ依頼達成の報酬を手に屋敷の中へと呼びかける。

だがそうして帰宅した二人の目に飛び込んできたのは「おかえりなさい！」と可愛《かわい》らしい笑みを浮かべて駆け寄ってくる愛弟子《まなでし》ではなく――ドアに挟まれた書き置きだった。

『ちょっとクロスと二人で依頼片付けてくるわ』

『頑張って手伝ってきます！　明後日《あさって》の朝までには帰りますね！』

「「……は？」」

知性が感じられないリオーネの汚い文字とクロスの可愛らしい文字に、二人は一瞬冗談かなにかかと思考が停止する。

だが実際に屋敷の中に二人の気配はなく……なにが起きているのか数秒遅れで理解したテロメアとリュドミラはその整った相貌《そうぼう》からすっと表情をなくした。

「……へ〜。リオーネちゃん、みんなで泥棒猫対策しようって言ってるときにそういう抜け駆けしちゃうんだぁ……」

「まったく仕方のないやつだなリオーネは。……まさかヤツに自殺願望があったとは。それなりに長く行動をともにしたよしみだ。しっかり叶えてやろう」

起動にどうしても時間のかかる位置特定魔道具へクロスの髪の毛を突っ込みながら、二人のS級冒険者は完全な無表情で殺意を滾《たぎ》らせるのだった。

＊

「まさかこんなに早く依頼が片付いちまうとは……クロスについてきてもらって正解だったな」

「い、いえいえ、完全に運だったので。けど、運でもなんでもリオーネさんのお役に立ててよかったです！」

バスクルビアを出発して丸一日。

僕とリオーネさんは想定よりもずっと早く帰路についていた。

依頼があったのは、大陸東のとある国。

内容はある特殊鉱石の採取というものだったのだけど、これがかなり厄介な内容だった。

まず依頼の鉱石が採れるのは危険度《リスク》6前後のモンスターが大量に跋扈《ばっこ》する危険地帯。

さらにその鉱石は発見確率がかなり低いもので、強力なモンスターたちを相手取りながらひたすら根気よく採掘するしかないというとんでもないものだったのだ。

鉱石の発見確率は、仮にモンスターの妨害がない状態で掘り続けたとして半日に一つ出るかどうか。しかも目的の鉱石はかなり脆《もろ》いため周囲一帯を吹き飛ばすような荒い採掘はできず、普通は上級職パーティが大隊を組み数日かけて挑むものらしかった。

けれど、

「クロスが掘り始めて数分で一つ発見、その時点で依頼達成だったつーのに試しにもうちょい掘って速攻で二つ目か……。なあクロス、今度一緒にカジノにでも行ってみっか?」

「ぐ、偶然ですって！　リオーネさんが周囲のモンスターをすぐに全滅させてくれたので採掘に集中できたのもありますし」

からかうように言うリオーネさんに僕も照れ笑いしながら返す。

そう。僕たちはかなり運のいいことに、採掘開始からすぐ依頼の鉱石を発見することができていたのだ。それも二つも。

一つ発見でも十分な報酬だったのに、二つ目の鉱石に驚愕《きょうがく》した依頼主さんはよほど嬉しかったのか色を付けた料金で買い取ってくれ、ちょっと手が震えるくらいの金額を一気に稼ぐことができていた。

完全に運の勝利だったので胸を張っていいかはちょっと微妙だけど……。それでもリオーネさんの依頼にかなり貢献できたみたいで、結果的に遠征は大成功に終わったのだった。

ちょっと運を使いすぎて反動が怖いくらいに。

そんなわけで僕とリオーネさんは早々に帰路につき、いまは休憩がてら森の中で食事を摂っていた。木漏れ日の揺れる森のなかで摂る食事は依頼成功の嬉しさもあってとても美味《おい》しい。

と、僕はほくほくとした気持ちでリオーネさんの用意してくれたお肉にかぶりついていたのだけど、

「くっ、依頼が大成功だったのはいいんだが、本当に思ったより全然早く終わっちまったな……せっかくあのバカ二人を出し抜いて遠出したんだからもうちょいなんかあるかと思ってたんだが、このままじゃマジでなんもなしで終わるぞ……。この前は成り行きとはいえクロスをだ、抱いちまったし、ちょっと手ぇ繋《つな》ぐくらいなら……いやでも口実がねぇとただの痴女だろそれ……そういやこのあたりはなんとかって小国の首都がすぐ近くにあったっけか。ならクロスが稼いでくれた礼とか言ってどっか店にでも寄るとか……？」

あ、あれ？　なんだろう。リオーネさんがなにかひどく苦悩してるような……。

いやでも依頼は大成功だったし困るようなことはなにもないはずだけど……それともなに

か僕に言えない問題でも発生したのだろうか。

と心配していたそのときだった。

「……ん？」

常に展開している僕の感知スキルに誰かが近づいてくるような気配が引っかかった。

なんだろう？

お肉を置いて気配のしたほうに顔を向ければ、今度は草木を掻《か》き分ける音も聞こえてきて
——次の瞬間、茂みの向こうから一人の女の子が飛び出してきた。

「え」

枝葉の引っかかった真っ白なワンピース一枚と、傷だらけの素足。

どう考えても森の中にいるのは不自然すぎる格好。

僕と同い年くらいに見えるヒューマンの女の子はこちらに気づくと同時、目に涙を浮かべて叫んだ。

「……っ！　助けて！　助けてください！　捕まったら生贄《いけにえ》にされちゃう！」

「なっ⁉　え、生贄⁉」

あまりに物騒な言葉に目を剝《む》いた直後。

ドドドドドドドドドッ！

「っ！」

「ひっ⁉」

凄《すさ》まじい速度で迫る複数の気配。木々を揺らす重い足音。

僕が剣を抜くまでの僅かな時間で彼我の距離が一気に縮まり、女の子が喉《のど》を鳴らした。

次の瞬間、

「――っ！　旅の冒険者か⁉　面倒な……っ」

茂みを突き破るどころか周囲の木々をなぎ倒す勢いで現れたのは、物々しい雰囲気を纏《まと》う武装集団。

明らかに魔法で強化された軍馬にまたがる重装騎士。

顔も含め全身を分厚い鎧《よろい》に覆われた六人の巨漢が、馬上でそれぞれの武器を掲げていた。

凄まじい威圧感に肌が粟立ち汗が伝う。

（な、なんだこの人たち⁉）

野盗にしては明らかに整った装備と統制、そして見ただけでわかる実力に僕は剣を抜きながら戸惑っていた。恐らく全員が上級職。いや、少なくとも一人は明らかにそれ以上で――だとしたらこの人たちはまさか、正規の――⁉

「おいそこの二人」

僕が咄嗟《とっさ》に女の子を庇《かば》うなか、重装騎士の一人が馬を操り前に出た。

六人の騎兵のなかでもひときわ大きな体躯《たいく》、そして別格の魔力を放つその男性は馬上からこちらを見下ろし低い声を漏らす。

「悪いことは言わん。なにも見なかったことにしていますぐその娘を引き渡せ」

「っ！　い、いや！　絶対に嫌！」

指揮官らしき男性の言葉に少女が涙をこぼしながら叫んだ。

「街に帰ったら殺される！　生贄《いけにえ》にされちゃ――」

「余計なことを喋《しゃべ》るな!!」

「ひ――っ!?」

「っ!?」

指揮官騎士の放った凄《すさ》まじい怒声が少女の訴えをかき消した。

強力な《威圧》スキルを含んだ一喝。

少女は完全に心を折られたように崩れ落ち、普段から《威圧》スキルに耐える訓練を行っている僕でも気合いを入れないと思わず一歩下がりそうになる。

そんななか、

「おいおいなんだいきなり物騒だな。生贄だのなんだのと」

すがりつくようにして崩れ落ちていた少女を僕から引き剥《は》がすように抱えながら、リオーネさんが軽い調子で騎士たちに対峙《たいじ》した。

指揮官騎士は《威圧》スキルのなかでも眉ひとつ動かさずお肉を頬張《ほおば》るリオーネさんに「竜人族《ドラゴニユート》……いや龍神族《ドラゴニア》か……!?」と一瞬驚いた様子を見せたものの、

「……そちらには関係ない。最後にもう一度だけ警告しておく。いますぐその娘をこちらに引き渡せ」

「嫌だっつったら？」

「悪いが力尽《ず》くで連れていく――かかれ！」

号令を放つと同時、指揮官騎士を含めた六人が一斉にスキルを発動。

すでに馬から下りていた騎士も含め、四方八方から強烈な近接スキルが叩き込まれた――刹那《せつな》。

「「「「「が――っ!?」」」」」

リオーネさんに攻撃を仕掛けた騎士たちが声もなく全員地面に叩き伏せられていた。

ドゴゴゴゴゴンッ！

音が遅れて響き、重装騎士たちが地面にめり込んだ衝撃で木々が吹き飛ぶ。

「わ、わぁ……」

予想通りとはいえあまりに圧倒的な師匠の力に僕は声を漏らす。

けど驚いたことに、リオーネさんの攻撃を受けてなお身を起こす影があった。

「な……ぐ……!?」

先ほど《威圧》スキルを放った別格の指揮官騎士。

攻撃を食らう直前に強力な防御スキルでも使ったのか鎧《よろい》も健在で、武器を支えにして立ち上がる。それを見たリオーネさんが「お」と少し眉をあげ、

「駆け出し最上級職にしては根性あんな。降参すんなら見逃してやるぜ?」

「ぐ……っ!? いくら近接最強の龍神族《ドラゴニア》とはいえなんという手練《てだ》れ……! だがそのような情けは無意味……たとえ殺されようと、我らは決してその子を渡すわけにはいかんのだああああああ! 最上級撃滅騎士スキル──《豪放磊落《らいらく》》!」

「ああそうかよ。そんじゃあまあ、最上級近接スキル──《鎧通し》!」

ドッッガアアアアアアアアン!

勝負は一撃で決まった。

膨大な魔力を練り上げたリオーネさんの拳《こぶし》が相手の腹にめり込んで──全身の鎧を粉々に吹き飛ばしたのだ。上空高くに吹き飛ばされ、ドッゴオオオオオオオオン! と地面に叩き

つけられた指揮官騎士に僕は慌てて駆け寄る。

「ちょっ、《鎧通し》っていうか鎧ごと粉砕しちゃってるみたいですけどこれ生きてます!?」

「あー、まあ最上級職なら大丈夫じゃねえか？　多分」

た、多分って……。いやまあ詳しい事情はわからないけどこの人たちはどうも女の子を生贄《いけにえ》にしようとしていたわけで。容赦する必要は一切ないのだろうけど。

「そ、それにしてもどういう威力で《鎧通し》を使えばこんなことに……」

攻撃を食らった胴体どころか下半身や顔の鎧まで木っ端微塵《こっぱみじん》になっている騎士の姿に驚愕《きょうがく》しつつ息があることを確認。

話を聞くためにも最低限の治療はしておいたほうがいいかな？　と僕がポーションを取り出そうとしたそのときだった。

《威圧》スキルによって呆然《ぼうぜん》としたままリオーネさんに抱えられていた女の子が、倒れた指揮官騎士を見て正気を取り戻したようにぎょっとした表情を浮かべたのは。

「……！　お、お父さん!?　大丈夫!?」

「……!?　え!?　お父さん!?」

その言葉に僕は目を丸くして、

「……どういうこった？」

リオーネさんが眉をひそめながら真面目な声を漏らした。

2

詳しい事情を聞くため、リオーネさんは気絶していた騎士団を手持ちのポーションで全員復活させた。

そうして逃げてきた女の子の父親である最上級職の男性――ギオルグさんというらしい――を筆頭に全員がリオーネさんの前で正座させられていたのだけど、

「で？　自分の娘を生贄《いけにえ》にってのはどういうこった？　それもぶっ飛ばされたのを心配してくれるような娘をよ」

「……」

リオーネさんが事情を聞いても、指揮官ギオルグさんはうつむいたまま頑《かたく》なに口を開かない。それは後ろで同じように正座する上級職の人たちも同じで、一向に話が進まないのだ。

けれどその沈黙はどうにも我が身可愛《かわい》さという感じでもなくて……。

一体どういうことなんだろうと思っていれば、リオーネさんが痺《しび》れを切らしたように低い声を漏らす。

「てめえらよぉ。その上等な装備にガキを追ってきた方角からして、このあたりを治める小国――サマンサ王国の正規兵だろ。つまり生贄云々《うんぬん》は国が絡んでるわけだ」

「……っ」

リオーネさんの推論に、指揮官ギオルグさんがわずかに肩を揺らす。それを見たリオーネさんは全身から魔力を漲《みなぎ》らせて、

「正解みてーだな。なら話ははえー。王国の首都はここから目と鼻の先、てめぇらが吐かなくても王城辺りで大暴れすりゃおおよその事情はわかんだろ」

「なっ!? そ、それだけはやめてくれ！　そんなことをすれば一体何人犠牲になるか――」

「なら話せ。いますぐな」

「……っ」

多分ただのハッタリなのだろうけど……怖いくらい堂に入ったリオーネさんの脅迫にギオルグさんは顔を青くする。

やがて黙秘は不可能と判断したのか、ギオルグさんは苦渋の表情で語り始めた。

その信じがたい話を。

「……我が国は十年以上の長きにわたり、ある怪物に裏で支配され生贄を要求され続けているのです」

「か、怪物……？」

いきなり出てきた突拍子もない言葉に僕は思わず目を剝《む》く。

ギオルグさんはそんな僕に「ええ。嘘《うそ》のように聞こえるでしょうが……」と目を伏せつつ、

絞り出すように続けた。

「ヤツは本当になんの前触れもなく我が国に出現しました。ある日突然王城を急襲し、我が国が誇る最上級職の精鋭を瞬く間に制圧。一晩のうちにサマンサ王国を支配してしまったのです。それからというもの国の安全と引き換えに定期的に生贄《いけにえ》を要求されるようになり……抵抗すればその何十倍もの民が犠牲になった。ゆえに逆らえなかった……！　たとえ今回の生贄に選ばれたのが自分の娘でも、死罪覚悟でその子に逃げるよう促したのが私の妻でも、連れ戻さねばこれまでの犠牲者に申し訳が立たなかった……！」

「……っ」

拳《こぶし》を握って語るギオルグさんに、逃げてきた女の子も唇を噛《か》んで顔を伏せる。

予想だにしない壮絶な話に僕も言葉を失うなか、リオーネさんが腕を組みながら疑問を口にする。

「なるほどな。大体の事情はわかった。けど妙な話じゃねえか。サマンサは小国だ。その怪物とやらに敵うヤツがいねぇ、なんてこともあんだろうな。けどほかの国は違う。冒険者ギルドだってある。なんでよそに助けを求めなかったんだ？」

「それは無理だったのだ。はじめから」

当然の疑問に、ギオルグさんは苦しげな表情で答えを返す。

「この国に巣くう怪物の存在をはっきりと知っているのは兵を含む王国の上層部とギルド職員

のみ。そしてかの怪物は自分の存在を知る者に人外の呪詛《じゅそ》をかけ、常に叛意《はんい》がないか感知し密告を許さない体制を築き上げているのだ。いまこうして私が事情を話しているのも恐らくギリギリ。生贄については国家繁栄の儀式のためと王が民に説明し、錯乱した暗愚の汚名を受けながらも怪物の存在を悟られないようにしているのだ。怪物の怒りを買わぬように、犠牲が最小限で済むように」

そしてギオルグさんはこちらの疑問を先回りするようにさらに続ける。

サマンサ王国の置かれた悪夢を。

「無論こちらから助けを求めずとも、王国に立ち寄った実力者たちが偶然事情を知り、討伐に協力してくれたことも幾度かあった。だが……そのいずれもヤツの根城からは帰ってこず、見せしめで何人もの罪なき民が怪物の犠牲となったのです。災害としか思えない圧倒的な力によって。……リオーネ殿、と申されましたな」

それまでずっと項垂《うなだ》れていたギオルグさんがまっすぐリオーネさんを見上げる。

「世界三大最強種の一角にして、仮にも最上級職である私を一蹴《いっしゅう》する底知れぬ強さ。尋常ではない実力者とお見受けする。しかしあの怪物は〝人外領域〟と称される最上級職をも稚児のようにひねり潰《つぶ》す正真正銘の人外。戦えば必ず殺されます。だからどうか、あなたがたもこれ以上はなにも聞かなかったことにして――」

「全員返り討ちにしてやんよ」

と、リオーネさんがギオルグさんの言葉を遮るようにして口を開いた。

「で、いままでその怪物とやらに挑んで玉砕した連中のなかにS級冒険者はいたのかよ」

言って、リオーネさんが懐から取り出したのは冒険者ギルドが発行するS級冒険者の証《あかし》。

さらには偽造不可能であるステータスプレートの一部をギオルグさんたちの前に掲げた。

途端、ギオルグさんの後ろで沈黙を貫いていた上級職の人たちがぎょっとしたような声をあげる。

「え、S級冒険者!? 世界に九人しかいないといわれるあの!?」

「本物か!?」

「いやでも、確かにS級冒険者の一人は龍神族《ドラゴニア》の若い女だって話を聞いたことがあるぞ……!」

そして部下の人たちがざわめく間、信じがたいとばかりに唖然《あぜん》としていたギオルグさんが遅れて震えた声を漏らす。

「な、なんと……S級冒険者……!? いやだが、まるで本気ではなかったと思われる先ほどの戦闘からすれば、むしろそうでなければおかしいか……!?」

ギオルグさんは手渡されたS級冒険者の証を食い入るように見つめる。

それからひどく葛藤するような、罪悪感や自己嫌悪に苛《さいな》まれるような苦悶の表情を浮かべながら――、

「……もしかすれば。もしかすればあなたなら我が国に巣くう怪物を――あの邪悪な死者の王《リッチー》

を倒せるかもしれない」

かすかな希望のこもった掠《かす》れ声を漏らした。


その、直後だった。

「見せしめにあれだけの村や町を潰《つぶ》してやったというのに……まだ希望が捨てきれないか」


「「「「え――!?」」」」

遥か頭上で異常な魔力が放出されたと思った瞬間――周囲が突如として夜になった。

（いや違う、これは!?）

反射的に頭上へ顔を向ける。

視界を埋め尽くすのは――いや、空を埋め尽くしていたのは、巨大すぎる岩塊。

自分の正気を疑う光景。

太陽の光をも完全に遮る、山そのものとしか言い様のない超巨大岩石が、災害めいた魔力とともに凄《すさ》まじい速度で降ってきていた――！

「な――っ!?」

「う、嘘《うそ》だろ……!?　もう嗅ぎつけて――」

「逃げろ！　全員全力で逃げろおおおおおお！」

「無理だこんなの……逃げ切れるわけがない……」

「お、終わった……っ、やっぱり無理だったんだ……！」

騎士団の人たちが恐慌をきたし、ギオルグさんと娘さんが抱き合いながら愕然《がくぜん》とその絶望を見上げる。

けれど、避けられない死が迫るそんな状況において、

「オラアアアアアアアアアアアアアアアアアアアアアアッ!!」


《極限身体能力強化》！　《極限膂力強化《りよりよく》》！

絶望を真正面から砕くような魔力が弾けた。

僕らの周囲に爆風が吹き荒れる。

目にも止まらぬ速度で岩塊に突っ込んでいたその人影が大きく腕を振りかぶり、

「――《闘神崩拳》！」

災害には災害をぶつけるとばかりに放たれた世界最強の拳が天を覆う岩塊に激突する。

瞬間――ドッッッッゴオオオオオオオオオオオオオオオン！

「「「「――っ!?」」」」

空が、晴れた。

木々が吹き飛び地面が抉《えぐ》れ、辺り一帯の見晴らしが一変するような衝撃とともに巨岩が爆散。

破片が周囲に飛び散り大地を揺らすも、僕たちは爆風で地面を転がる以外ほとんど無傷で。

あまりに常識外れな一撃に全員が呆然《ぼうぜん》と固まるなか、

「いきなり撃ってくるたぁ、どうやらずいぶんと躾《しつけ》のなってねぇゴミクズらしいな……！」

岩山を一撃で粉砕したリオーネさんが牙《きば》を剝《む》いて、頭上へ好戦的な笑みを浮かべていた。

僕たちに超巨大岩石を打ち込んできた張本人――いつの間にか中空に出現していたミイラのような怪物へと。

3

（な、んだアレ……!?）

空に浮かぶその人影に、クロスの全身から滝のような汗が噴き出していた。

普通の人間と変わらない体軀《たいく》。

ほとんど白骨化したようなミイラの顔と身体《からだ》をボロボロのローブに包んだ外見は、暗い洞窟の奥底で朽ち果てた冒険者の死体を思わせる。

少し小突けば崩れ落ちてしまいそうな遺骸。だがその細く脆《もろ》そうな身体から放たれるプレッシャーたるや――ポイズンスライムヒュドラの比ではなかった。

「……っ！　アレが……サマンサ王国を裏から支配するリッチー⁉」

あまりに常軌を逸した気配に、クロスは誰に説明されるまでもなく確信する。

だが……にわかには信じられなかった。

リッチー。

それはほとんどお伽噺《とぎばなし》のなかの存在だ。

もはや失われたとされる秘禁術により、最上級の魔導師や神官が動く死体系《ゾンビ》モンスターへと自ら堕ちた姿。人知を越えた魔力やスキルを持ち、高い再生力でもって永遠に近い時間を生き続ける不老の怪物。

その脅威は、危険度に換算して最低でも9以上。

魔神に類する亡国の厄災であり、伝説のなかでしか語られないような化物なのだ。

そんなものが実在して、さらには国を裏から支配しているなど普通ならば信じられない。

だが、

「……っ！」

戦うどころかただ対峙《たいじ》しただけで押しつぶされそうな圧倒的存在感。

威圧スキルでもなんでもない、ただその場にいるだけで放出されるおぞましい魔力がこちらの動きを縛るかのようで。

もはや疑いの余地などない。

現実に現れた頭上の〝伝説〟にクロスが全身を震わせながらも必死に剣を握りしめた、そのときだった。

空に浮かぶ人外の怪物《リッチー》が、見た目にそぐわぬ上機嫌な笑い声をあげたのは。

「くふ、はははははっ！　奴隷どもが巨大な力と接触したからと様子を見に来てみれば……龍神族《ドラゴニア》の近接戦闘職か。これはいい、最高だ」

「ああ？　なに笑ってやがるてめぇ」

「いやなに、バカにしているわけではない。むしろその逆だ」

ぐるるるっ、と喉《のど》から低い唸り声を漏らして目つきを鋭くしたリオーネに、リッチーが饒舌に続ける。

「知っているか龍神族の女。リッチーというのは永き寿命でスキルを磨き続けると同時、相性のいい生贄《いけにえ》の魂を食らうことで効率良く力を増していく、人族の完全上位にあたる存在だ。そうして成長し続けた私の力はもはや頂点職さえ凌駕《りょうが》している。そんな私の力を計るのに、近接職の頂点はずいぶん都合のいい試金石だと思ってな」

だから、とリッチーは笑みの形に相貌《そうぼう》を歪《ゆが》ませて、

「せいぜい全力で足掻《あが》いていい物差しになってくれ――頂点土石魔法《メテオバレッド・ストライク》」

膨大な魔力が大気を揺らした。

当然のように無詠唱で放たれるのは埒外《らちがい》の魔法。

先ほどの岩山ほど大きくはない。しかしたった一発で街を壊滅させるだろう巨大岩石の弾丸が、とてつもない数と速度でリオーネに襲いかかる。

だが、

「舐《な》めてんのかボケがあああああああああ！」

ドガガガガガガガガガッ！

凄《すさ》まじい破砕音が再び周囲に響いた。

向かってくる巨大岩石の弾幕をリオーネが真正面から粉砕しまくる轟音《ごうおん》だ。

さらにはただバカ正直に砲撃の嵐を打ち砕くだけでなく――ドッ!!

頂点土石魔法の射線がクロスたちから外れるやいなや、人外めいたリオーネの身体能力が空を蹴った。

超高速で放たれる無数の巨大岩石を、それ以上の空中高速機動で完全回避。

稲妻のような軌跡を描いて青空を縦横無尽に駆け回ったリオーネが、一瞬にして堕ちた魔導師《リッチー》との距離をゼロにする。

「リッチーってのは身体《からだ》だけじゃなく脳まで腐るらしいな！　なにが頂点職を超えただ！　くたばれ――《闘神崩拳》！」

ドッッッゴオオオオオオ！

頂点に至った近接最強種族の拳《こぶし》がリッチーの顔面に叩き込まれた。

山を砕いて天を割る規格外の一撃。

人外化により高い再生力と魔力を得たとされるリッチーも、ベースは肉弾戦が苦手な魔法職。近接攻撃には防御が足りず、急所への被弾はまず間違いなく致命傷だ。

上空で決まった必殺の拳にクロスたちも「やった！」と歓声をあげる。

だが、

「……っ！　これが頂点近接職の拳か。余波だけで大気をも歪《ゆが》ませるとは凄まじい威力だな」

「え……!?」

クロスたちの口から驚愕《きょうがく》の声が漏れた。

魔法職に近いステータスを持つはずのリッチーが――枯れ枝のような腕でリオーネの拳を受け止めていたのだ。

衝撃で身体が仰け反ってはいたものの、その場から吹き飛ぶことすらせず完璧に。

「な――!?　リオーネさんの攻撃を止めた!?　生身で!?」

「ああ？」

拳から伝わる不可解な手応えにリオーネも眉をひそめる。

次の瞬間――ドゴオオオオオオオオオ！

「っ!!」

「リオーネさん!?」

コンマ数秒だけ動きを止めたリオーネが凄《すさ》まじい速度で吹き飛ばされた。

リッチーの放った無詠唱土石魔法がゼロ距離でリオーネに直撃したのだ。

クロスの悲鳴をかき消すほどの声量で、お伽噺《とぎばなし》の怪物が上機嫌に笑う。

「はははははは！　どうした龍神族《ドラゴニア》の女、魔法職に拳《こぶし》を止められたのははじめてか？　隙《すき》だらけだったぞ」

「ちっ、なんかタネがありやがるな……！」

土石魔法の直撃をギリギリで防御していたリオーネが空中で身を捻《ひね》り舌を鳴らす。

まるで怯《ひる》むことなく空を蹴り、再びリッチーに突撃した。

「《拳撃強化》！　《拳撃速度強化》！　《瞬間膂力《りよりよく》倍化》！　《闘神崩拳》！」

ドッゴオオオオオオオオオオオオオン！

放たれる強大な頂点土石魔法を高速回避。強化スキルによって先ほどよりも格段に威力を増した頂点の拳を叩き込む。さらに攻撃はそれだけに留まらず、

「《闘神崩拳》！　《嵐迅回転蹴り》！　《破砕烈脚》！　《闘神崩拳》!!」

凄まじい連打が間断なくリッチーの全身に殺到。

規格外の肉弾攻撃が唸りをあげ、そのすべてがリッチーに直撃。突き抜ける衝撃が大気を乱

し天候さえ変えはじめる。

だが、

「な、んで……!?」

愕然《がくぜん》と声を漏らすのは、攻撃の余波に吹き飛ばされそうになりながら師の戦いを見つめ続けていたクロスだ。

「強化スキルでさっきより攻撃の威力は上がってるはずなのに……なんで効かないんだ!?」

いや、効かないどころか――、

「殴るたびに手応えが減ってやがるな……っ！」

リオーネが小さく漏らす。

その拳はリッチーの頬《ほお》にめり込んでいた。しかし、当のリッチーは小揺るぎもしない。細腕でのガードすらせず、顔面でリオーネの拳を受け止め、にもかかわらず今度は身体《からだ》がのけぞりさえしていなかった。当然ダメージなど皆無。

理解不能な頭上の光景にクロスも騎士団も言葉をなくす。

だがそんななか、攻撃を直接叩き込み続けていたリオーネだけが「そういうことか」とばかりに牙《きば》を剝《む》いた。

リッチーから距離を置き、先ほどの攻防を分析するように目を光らせる。

「《闘神崩拳》は強化スキルを重ねてもまったく効かねぇ。だが連撃に織り交ぜた蹴りだけは強化スキルなしでも多少効いてやがった。……てめぇ、一度受けた攻撃に強耐性を得るタイプのユニークスキル持ちだろ」

「え……!?」

リオーネの言葉にクロスが目を見開く。

「ほう。さすがはS級。たった数度の攻撃で気づくとはご明察だな」

そしてその信じがたい分析をリッチーがあっさりと肯定した。

さらには上機嫌に「くくく」と身体《からだ》を揺らし、

「そう、私のユニークスキルは《再見殺し《リ・レジスト》》。一度受けた近接攻撃スキルとその同系統上位スキルに永続的な超高耐性を得る。私がリッチーとなり数年が経った頃に発現した無敵の力だ！」

「な……!?」

なんだそれ、そんなのって……!?

高らかに自らの力を明かすリッチーにクロスがいよいよ言葉をなくす。

近接職ならまだしも、高い魔法耐性を持つとされるリッチーが所持していいスキルではない。

しかもその悪辣《あくらつ》なユニークスキルの脅威はそれだけに留まらなかった。

「ああ？　ご丁寧にユニークスキルの解説たぁ、てめぇまだこっちを舐《な》めてやがんのか？」

「舐めてはいない。これは純然たる自慢だよ」

殺気を強めたリオーネにリッチーは上機嫌に答える。

そして自らの力を誇示するように朗々と語るのだ。

この戦いの勝敗がすでに決しているという現実、その根拠を。

「支配した王国の騎士団に命じ、あらゆる近接スキルを受け続けることで私は魔導師の弱点である近接攻撃に絶対的な耐性を得た！　ゴミどもを利用し我が身に刻みつけたスキルの種類は数百以上。打撃、斬撃《ざんげき》、投げに締め。あらゆる近接スキルは私の前では無意味だ！」

「……っ!?」

「一度攻撃を受ければその上位スキルへの耐性もつき、先ほど披露したように初めて食らう頂点職の《闘神崩拳》さえ我が命には届かない。かつてその下位スキルである《最上級崩拳》を受けたことがあるからだ。まあそれでも一撃目で私にそこそこのダメージを通したのはさすがと言うべきだが……所詮はそこそこ。つまり近接職の貴様に私を倒す術《すべ》はないということだ」

「そ、んな……っ」

滅茶苦茶な――とクロスがあまりのことに呆然《ぼうぜん》とするなか、リッチーが容赦なく魔力を練り上げる。

「わかったらとっとと私の経験値にでもなってくれ。頂点土石魔法《エッジストーン・クライシス》」

「――っ！」

リッチーの周囲に一瞬で出現した、大量の円錐巨大岩石。

その鋭利な先端がリオーネに向けて一斉に射出される。

「ちっ、オラアアアアアアアアアッ！」

尽きることがない物量攻撃をリオーネは殴り砕き蹴り飛ばし、空中機動で避けまくる。

だが──それだけだ。

再度リッチーに踏み込むも、リオーネの連撃は先ほどの解説を裏付けるようにことごとく無効化。発射され続ける石柱に吹き飛ばされ、大きく距離をとられたところでまた無数の石柱が一方的にリオーネへ襲いかかる。

しかしそんな展開にも怯《ひる》まず、リオーネは石柱を殴り飛ばしながら吠えた。

「だあああクソが！　アホみてぇにばかすか撃ちまくりやがって！　近接スキルが効かねえだあ!?　だったらこっちも魔法だ！」

「え、魔法!?」

驚くクロスたちの頭上でリオーネが宙を駆けた。

森のなかに点在する岩山を拳《こぶし》で砕くと、

「食らえオラアアアアアアアア！　筋肉土石魔法《ただの投石》！」

キュイ──ドボボボボボボボオオオオオオオオオン！

「えええええええええええええっ!?」

音を置き去りにする速度で放たれた無数の岩石がリッチーに次々と着弾。凄《すさ》まじい爆音を轟《とどろ》かせた。それはリオーネのイカれた身体能力から放たれる、純度百%の物理攻撃。

あまりにもふざけた威力と発想に重装騎士やクロスたちが一瞬唖然《あぜん》とするが、

「そ、そうか！　一度食らった近接スキルに耐性を得る反則みたいなユニークスキルが相手でも、魔力のこもってないただの物理攻撃なら──っ！」

リオーネが放った豪快な打開策にクロスが驚愕《きょうがく》しながら歓声を上げる。

しかしその直後、

「……っ！　魔力で生成操作した岩石でもないというのにこの威力と速度。やはり頂点職というのはどいつもこいつもふざけているな。だが──言っただろう。私には投げも効かない。つまり魔力を伴わない打撃衝撃も、我が《再見殺し》《ユニークスキル》の耐性獲得対象だ」

「「「な──っ!?」」」

砕けた岩石の土煙を引き裂いて現れたのは、ほぼ無傷のリッチーだった。

そして、

「お返しだ──頂点土石魔法《メテオ・ストライク》」

「っ！」

放たれた速度特化の土石魔法がリオーネに直撃。

いくつもの岩山を砕きながら吹き飛び、剝《む》き出しの岩壁にその身体《からだ》が叩きつけられる。

すべての希望を打ち砕くような光景に、重装騎士たちの口からいよいよ絶望の声が漏れた。

「そんな……っ」

「生贄《いけにえ》で力を増すたびに騎士団員たちの攻撃を受けてみせたのは力の誇示だけが理由ではなかったのか……!?」

「ただでさえリッチーは魔防が高く再生スキルまであるというのに、近接攻撃がすべて効かないなら一体どうやって倒せば……」

「無理だ……こんな……」

愕然《がくぜん》と崩れ落ちる騎士たち。

その絶望を啜《すす》るように、リッチーがさらに上機嫌な笑い声を響かせる。

「くふ、はははははは！　素晴らしい！　どうだ！　人の身では決して届かなかった頂点職がまるで赤子同然ではないか！　これが極低確率でしか成功しないとされる秘禁術に選ばれリッチーと成った私の力！　長年この国で生贄を募るだけでなく、国から搾り取った金で魔神崇拝者どもを雇い国外からも質の高い生贄を運ばせて正解だった……！」

「な――!?」

リッチーの漏らした言葉にクロスは愕然と目を見開く。

魔神崇拝者などという犯罪集団があの強力なゴーレムを何十体も購入できる資金をどうやって得ていたのか不思議に思っていたが、まさかこんなところにまで繋《つな》がりがあったなんて！

生贄といい魔神崇拝者への協力といい、一体どれだけの不幸を生み出せば気が済むんだあの怪物は――！

クロスが思わず歯を食いしばり剣を強く握るなか、さらにリッチーが声をあげる。

「このまま潜伏を続けさらに己を高めていけば、いずれ私が世界をとることすら夢ではない！　そのためにも……私の存在を知った貴様らはここで確実に殺しておかねばなぁ」

「――っ」

それまで歯牙にもかけられていなかったクロスたちに、底知れない真っ黒な眼窩《がんか》が向けられた。直後。

「ちっ、カスがふざけたユニークスキルで調子に乗りやがって……！　防御面だけならまだしも、この程度の攻撃魔法で世界だの皆殺しだのほざいてんじゃねえぞ！」

岩壁に叩きつけられていたリオーネが勢いよく起き上がる。

「頑丈だな」

そしてリオーネの健在に気づいていたリッチーがこれまで以上の魔力を滾《たぎ》らせた。

「ならこれはどうだ？　頂点火炎魔法＋頂点土石魔法――《溶解する大海原》」

リッチーの手の平から凄《すさ》まじい熱量の溶岩が放たれた。

遠く離れたクロスたちの肌さえ焦がす超高温。

火山のようなエネルギーが凝縮された必殺の一撃。

桁違《けたちが》いの殺意が込められた魔法にさしものリオーネも回避を選択し身を翻す。が、

「甘い」

「っ！」

リオーネの周囲に散らばっていた岩石が――先ほどリッチーが自身の魔力で生み出しまだ残っていた《メテオ・ストライク》の破片が灼熱《しやくねつ》の溶岩に変じた。

リッチーの意志に従い蠢《うごめ》くマグマはリオーネの逃げ道を塞《ふさ》ぐように一瞬で膨れ上がり――

「頂点万能戦士スキル《極限魔防強化》！《極限身体能力強化》！《闘神崩きゃ――」

ドボオオオオオオオオジュオオオオオオオオオオオッ！

「リオーネさん!!」

鋼鉄をも一瞬で溶かすだろうマグマの海が、スキルを発動したリオーネの声ごとその全身を飲み込んで。

それまでリオーネを吹き飛ばすだけだった岩石魔法とは比べものにならない凶悪な魔法の直撃に、クロスの喉《のど》から絶叫が迸《ほとばし》った。

4

マグマの海にリオーネが沈み、愕然《がくぜん》としたクロスの悲鳴が響く。

直後――ドッボオオオオオオオオオオン！

「っ！　リオーネさん……っ」

灼熱の溶岩を吹き飛ばし、世界最強クラスの近接職が再びその姿を現した。

強化した身体能力に強烈な蹴り技をあわせ、嵐がごとき風圧でマグマを吹き飛ばしたのだ。

だが、

「はっ、そこそこいい火力出しやがる……！」

そう言って荒々しい笑みを浮かべるリオーネの腕が……赤く腫れ上がっていた。

「……っ！　リオーネさんの肌に、軽い火傷!?」

リオーネが無事だったことに安堵《あんど》していたクロスが目を剝《む》いて叫ぶ。

今回の戦いでリオーネが吹き飛ばされるのは何度も見た。

だが全人族の中でも飛び抜けた頑丈さを誇る龍神族《ドラゴニア》、それも頂点職にまで至ったリオーネが明確なダメージを負ったという事実にいよいよどうしようもない逼迫《ひっぱく》が少年の胸に生じはじめていた。

そんなクロスの見上げる先でリッチーが半ば呆れたような哄笑《こうしょう》を漏らす。

「よく凌《しの》いだものだ。だがそうやって敗北を引き延ばしてなんになる？　自慢の拳《こぶし》は私に一切通じず、そちらは一方的に削れていくだけだというのに」

「調子に乗るんじゃねえぞ骸骨野郎」

まったく戦意の衰えていないギラついた瞳《ひとみ》でリオーネが吠える。

「そのご大層なユニークスキルも魔力がなきゃ発動しねぇだろ。いつまでもこっちの攻撃を無効化できると思ってんじゃねえぞ……！」

「リッチーを相手に魔力量で争うつもりか？　その傲慢《ごうまん》の愚かさ、身をもって知るがいい」

「てめえがな！」

ドッゴオオオオオオオオオオオオン！

災害級の魔力が再び全力でぶつかり合った。

リオーネが雄叫《おたけ》びをあげて突き進み、敵の魔法を凌《しの》いでは強烈な連続攻撃を叩き込む。

だが山をも吹き飛ばすはずの打撃はやはりひとつも通用せず、リッチーが放つ強大な魔法でリオーネのほうが少しずつ削られていく。先ほどまでの一方的な展開が再演されていた。

「……っ！　本当に、なにをどうやってもリオーネさんの攻撃が通用しない……！　このまじゃあ……っ」

その信じがたい現実を改めて突きつけられたクロスが切迫した声を漏らす。

（確かにリオーネさんの言う通り相手の魔力が尽きれば近接攻撃も通じるだろうけど……本当にそれまでリオーネさんが保つのか⁉）

それも、リッチー化の禁術と生贄《いけにえ》によってどれだけ魔力が増しているかもわからない人外の怪物を相手に！

わからない。

いくら近接戦闘に秀でた師の魔力量や頑丈さが人外の領域にあるとはいえ、本物の人外であるリッチーの魔力が空になるまで戦い続けられるかはまったくの未知数だった。敵の膨大な魔力を削りきる前にリオーネが力尽きることも十分に考えられる。

魔力切れ以外であの怪物を倒す方法があるとすれば、《再見殺し》がまだ耐性を獲得できていない未知の近接攻撃を叩き込むことだけだろう。

そしてその可能性があるのは――、

（ほかに前例がないらしい僕のエラースキルだけだ……！）

まだまだ未熟な自分が単独で打ち込んだところで、膨大な魔力を有するリッチーには恐らく通用しない。

（けど、リオーネさんと力を合わせればあるいは！）

クロスはまなじりを決し、リオーネに助太刀しようと走り出した。

おぞましい魔力に震える身体《からだ》を必死におさえつけ、師を助けるという一念で天上の戦いを見上げる。一歩間違えば即ミンチになる戦場へどうにか割り込もうと無謀を承知で各種スキルへ魔力を注ぎ込む。

だが、そのときだった。

「なにやら羽虫が騒がしいな」

リッチーが再び地上へと目を向けた。

「ゴミがなにをしようと無意味だが……私が頂点職との力試しに集中している間に逃げられても面倒だ。生贄《いけにえ》を置いてさっさと死ぬがいい――死王スキル《眷属《けんぞく》召喚》」

「――っ!?　なっ!?」

常時発動していたクロスの感知スキルが、突如として足下に現れた無数の気配を察知する。

直後、周囲の地面を突き破って大量のモンスターが姿を現した。

普通のモンスターではない。クロスたちの周囲に出現したその大群は、一体残らず身体《からだ》が腐敗し異臭を放つ異形と化していたのだ。

「これは……!?　動く死体《ゾンビ》化したモンスター!?」

ゾンビ。

それは死んだあとも特殊な魔力の影響によって動き続ける人やモンスターの総称だ。

クロスたちを取り囲むのは、恐らくリッチーが周辺のモンスターを素材にして作り上げたのだろう死の軍勢。

ヘルズボア、タンクコング、ビッググリズリー、人食いコンドル……その種類は多種多様。

危険度《リスク》2前後の雑兵から危険度4以上の強力な大型モンスターまで、そのすべてが動く死体となって一斉にクロスたちへ襲いかかってきた！

「くっ!?　あのリッチー、ただでさえ規格外の強さなのにこんなスキルまで!?」

――いや、けどこっちには上級職の重装騎士五人に《最上級撃滅騎士》のギオルグさんまでいるんだ！　協力すれば短時間で片付けてリオーネさんを助けに行けるはず！

速攻でケリをつけようとクロスは剣を構える。

が……死者の王とまで呼ばれる怪物の人外スキルは眷属召喚だけに留まらなかった。

「死王スキル――《死の刻印》」

「「「う……がっ⁉」」」

「え⁉」

背後であがったうめき声にクロスが振り向けば、そこには信じられない光景が広がっていた。

上級騎士の面々が全員、悶《もだ》え苦しみながら地面に倒れていたのだ。

さらには最上級職のギオルグまでもが膝《ひざ》を突いて苦しんでおり、「お父さん⁉」と顔を青くした少女から支えられていた。まるで毒でも盛られたかのように。

「一体なにが……⁉　どうしたんですか皆さん⁉」

「ぐ、ふ……っ！　恐らく……先ほど話したリッチーの呪詛《じゅそ》スキルだ……！」

クロスがゾンビの攻撃を避けながら解毒ポーションを取り出そうとするなか、まるで流行病のような痣を全身に浮かべたギオルグが掠《かす》れた声を漏らした。

「私たちの叛意《はんい》を見張ると同時に、リッチーの意志ひとつで効力を発揮する呪殺の刻印……！　一度発動すれば激しい苦しみが襲いかかり、一時間ほどで死に至る強力な呪いだ……っ」

「な……っ!?　そんなスキルが!?」

眷属《けんぞく》召喚だけに飽き足らず、埒外《らちがい》の呪詛《じゅそ》スキルでまともな抵抗さえ封じてくるリッチーの悪《あく》辣《らっ》さにクロスが目を剝《む》く。

「ぐっ……いや、だが！　私は仮にも最上級職！　死の呪いを受けようが関係ない!!」

ドッゴオオオオオオオ！

ギオルグが弱りきった身体《からだ》を奮い立たせ、倒れた部下や娘を守りながら剣を振るう。

十数体のゾンビモンスターをまとめて吹き飛ばしたギオルグはクロスに向かって叫んだ。

「なにかあの怪物に太刀打ちする策があるんだろう！　私たちに構う必要はない！　行くんだ！」

ギオルグはクロスを促しつつ、命を振り絞るように剣を振るう。

だが――、

「「グオオオオオオオオオオオオオッ！」」

「ぐ、うぅ……!?」

多勢に無勢。

いくら最上級職とはいえ死に至る呪詛をかけられた状態で無数のゾンビに囲まれては、戦えない人間六人を守りきるなど不可能だった。

ギオルグの防御をかいくぐったモンスターたちが殺戮《さつりく》衝動のままに倒れた騎士たちを蹂躙《じゅうりん》

する——強力な感知スキルによってそんな未来を察知した少年の行動などひとつしかない。

「やらせるかあああああ！」

自らに襲いかかるゾンビの攻撃を弾き返すと同時、クロスは眼前の敵に背を向けてしゃがみこんでいた。

あまりに無防備な背中。不可解な行動。

だが次の瞬間、クロスの脚から膨大な魔力が立ちのぼる。

「魔導師特殊《エクストラ》スキル《魔法装填》——解放《リリース》！《トリプルウィンドランス》!!」


ドゴオオオオオオオオオン！

「「「ガアアアアアアアアッ!?」」」

突如としてクロスの脚から放出された強力な風魔法がゾンビの群れを吹き飛ばした。

世界最強クラスの魔導師からクロスが新たに授かった特殊スキル《魔法装填》。

詠唱した魔法を四肢に装填《ストック》し、任意のタイミングで放てる《遅延魔法》の完全上位スキル。

リオーネが上空で戦っている間に詠唱し装填しておいた魔法を脚から放ちゾンビたちを蹴散《けち》らしながら、クロスはその反動を利用し飛ぶような速度でギオルグたちの元へ駆けつける。

その眼前にはすでに無数のゾンビが迫っており、防御ではなく回避に特化したクロスでは倒れた騎士たちへの攻撃を防げない状況に陥っていた――が、問題ない。

攻撃を防げないいなら、攻撃を放ってくる敵ごとまとめて吹き飛ばせばいいのだから。

「二連解放《リリース》！　《トリプルウィンドランス》!!」

逆巻く二つの風槍がノータイムで炸裂《さくれつ》した。

脚にストックしておいた魔法とは別。右手と左手それぞれに装填された中級風魔法を同時発動し、ゾンビの群れを吹き飛ばす！

少年が見せた常識外れな戦闘、そして重装騎士たちの命を優先する立ち回りに目を丸くするギオルグへ、クロスは問答無用で叫んだ。

「誰も死なせない！　まずはゾンビたちを片付けます！」

「……っ、これが頂点職の弟子というものか……！」

脂汗を流すギオルグがさらに剣を強く握る。

そんな最上級職の騎士を防御と迎撃に専念させるべく、クロスは前衛アタッカーとしてゾンビの軍勢と対峙《たいじ》した。

「《中級体外魔力感知》！　《中級気配感知》！　《挙動感知》！　《暗脚》！　《中級剣戟《けんげき》強化》！」

相手が群れであろうと関係ない。

狭く深く動きを読む《心魂察知》とは別、数多《あまた》の感知スキルで敵の動きを広く正確に察知しては斬りかかり、すべての攻撃を回避しながら魔法を詠唱。再び四肢に魔法を装填し、ギオルグがゾンビを捌《さば》ききれなくなれば一気に解き放つ。

そうして誰も犠牲にすることなく戦闘を続けるのだが、

「「「グオオオオオオオオオオオオオオオッ！」」」

「これがゾンビ……！　しぶとすぎる！」

初めて相対する不死系《アンデッド》モンスターにクロスが苦悶の声を漏らした。

すでに死んだ身体《からだ》を特殊な魔力で強引に動かしているゾンビの厄介な特性。

それは心臓を突こうが身体を真っ二つにしようが襲ってくる驚異的なしぶとさだ。

確実に倒すには強力な聖職者《プリースト》スキルを食らわせるか、あるいは身体の大部分を一気に削り取る必要があった。

ゆえに、いまのクロスの攻撃を何度叩き込んでもゾンビたちの数がなかなか減らない。

相手が小型であれば足を切り飛ばすことで機動力を削げるほか、《トリプルウィンドランス》でバラバラにすることはできるのだが――問題は巨体を有する高レベルのゾンビたちだ。

「グガアアアアアアアッ！」

「ぐっ⁉」

ちょっとやそっとの剣戟では怯《ひる》みもしない。

クロスの切り札であるイージスショットも基本的には点の攻撃であり、ヴェアトロスの力を

借りても四肢を切り落とすのが精一杯。連発も難しいなかではまるで有効打にはならなかった。さらには、

「解放《リリース》！　《トリプルウィンドランス》！」

たまらずクロスが巨大ゾンビたちに装填しておいた風の槍《やり》を叩き込む。だが、

「グオオオオオオオオッ！」

「っ！　やっぱり、全然効かない……！」

大型ゾンビは主であるリッチーの影響が色濃いのか、ただでさえ頑丈な肉体が高い魔防によって守られているようだった。《トリプルウィンドランス》が直撃しても大きく吹き飛ぶだけで時間稼ぎにしかならず、再びその巨体で突っ込んでくる。

（こいつらを倒すには、巨体を一気に削り取るような一撃を食らわせるしかない……っ！）

だが魔法は効きが悪く、強力な近接攻撃を放てるはずのギオルグは理外の呪詛《じゅそ》で著しく力が落ちていた。最上級のスキルを何度繰り出してもゾンビたちを押し戻すのが精一杯。とても敵の巨体を消し飛ばせる威力ではない。

（ぐっ、このままじゃリオーネさんより先にこっちがジリ貧でやられかねない……！）

と、不死身に思える死者の軍勢にクロスが歯がみしていたそのときだった。

頭上から師の声が響いたのは。

「おいクロス！」

え、とクロスが空を見上げれば、

「お前にはまだ試してねえ手があんだろ！　いい修羅場《機会》だ、アレやってみろ！」

クロスたち以上の絶望的な戦いに身を投じているはずのリオーネが、まるで戦意の衰えない荒々しい笑みで声を張り上げた。

5

頭上から響いたリオーネの声に、クロスはゾンビたちの攻撃を捌《さば》きながら困惑の声を漏らしていた。

「え、アレって、もしかしてアレですか⁉　いやでもアレは練習でも出来なかったどころか、そもそも本当に可能かどうかさえまったくわからないって話だったような⁉」

「前に言ったろ、修羅場でしか破れねぇ殻もあるってな！　いまがそんときだ！」

クロスの戸惑いとは反対にリオーネが断言する。直後、

「なにをよそ見している、無駄な抵抗を続ける羽虫に構う余裕があるのか？」

ドゴオオオオオオオオオオオオ！

「リオーネさん！」

リッチーの火炎魔法と土石魔法にリオーネが大きく吹き飛ばされた。

けれど――ニッ。

「……っ！」

強烈な魔法を受けてなおこちらに荒々しい笑みを向けるリオーネにクロスは目を見開く。

浮かぶ迷いを蹴り飛ばし、即座に意識を切り替えた。

「リオーネさんが前に提案してくれたアレ……！　できるかはわからないけど……！」

ゾンビの軍勢を前に祈るような気持ちで剣を握り直す。

思い浮かべるのは、リュドミラから《魔法装塡》を授かった直後のことだ。


『おー、やっぱいいスキルだな《魔法装塡《ソレ》》。確か近接スキルに近い魔力運用のせいで魔導師があんま習得しねぇっつー特殊スキルだっけか』

いつもの修行場所であるお屋敷の広い中庭。

新しく習得した《魔法装塡》を喜んで試し打ちするクロスの様子を見て、リオーネが顎《あご》に手を当てていた。じーっとスキルの発動を観察するリオーネにクロスが「な、なんだろう……？」と少し照れていると、

『ふーん。確かに魔力運用としちゃあ手足での攻撃を強化するスキルに結構近いな。魔法の膨大な魔力を四肢に直接溜めてやがる。っつーことは……なあクロス。そのスキル、四肢じゃなくて武器に魔法をストックするよう意識してみねーか？　《中級剣戟《けんげき》強化》で武器に魔力を

流しながら、それを呼び水にして《魔法装塡》も乗せる感じでよ』

『え、武器にですか？』

『おう。なんとなくだが、そうすりゃもっといいスキルに化ける気がすんだよな』

『な、なんとなく……？』

『ぶっちゃけ勘だな。できるかどうかもわかんねーけど、まあモノは試しだ。ダメ元でやってみようぜ』

　そうしてクロスはリオーネの勘とやらに従い色々と試してみたのだが……《魔法装塡》発現からの数日でなんらかの成果に繫《つな》がることはついぞなかった。ゆえにリオーネのその指導はいったん保留になっていたのだが――。


「やあああああああああああああああ！」

　リオーネとの修行を思い出しながら、クロスはゾンビモンスターに攻撃を叩き込む。

　腕に装塡した《トリプルウィンドランス》の膨大な魔力をそのままヴェアトロスに流すよう意識し、剣戟強化スキルとともに全力で振り抜いた。

　だが――ドゴオオオオオオオッ！

　剣を握った腕から暴発気味に放たれるのはやはりただのトリプルウィンドランス。遅れて空を切るのは中級剣戟強化で威力を増した普通の斬撃《ざんげき》でしかない。

守りに徹するギオルグが「急にどうした!?」と少年の立ち回りに疑問を呈し、おかしなスキルの運用で動きのキレが落ちたクロスにゾンビたちが好機とばかり襲いかかる。

強烈な一撃が何度もかすり、危うい瞬間が幾度となくクロスの命を危険に晒《さら》した。

だが、

「ぐっ……！　ま、だだ！」

乱戦のなかで実験に身を投じるようなその無謀を何度も何度も繰り返す。

正直に言えば……リオーネの提案についてはいまだに半信半疑ではある。

そもそもなにか新しい力が発現したところでゾンビたちに通用するもわからない。

分の悪い賭けにすらなっていないとも思う。

ほかに手がないとはいえ、普通なら単なる自殺行為か錯乱としか思われない愚行だろう。

死と隣り合わせの実戦で、発現するかどうかもわからないスキルの習得を狙うなど。

けど、それでも！

「僕をここまで導いてくれたリオーネさんが言うんだから!!」

——化物《リッチー》を前に隙《すき》を晒してまで！　僕を信じる瞳《ひとみ》で！　あの大好きな笑顔で！

——だったら！　どれだけ無謀でも突き進むしかないだろうが！

「おおおおおおおおおおおおおおおおおおおおおおおおおおおっ！」

叫び、猛《たけ》り、ギリギリの実戦のなかで極限の集中力を発揮する。

敬愛し信頼する師が死闘のなかで投げかけてくれた信頼に応えるように、装塡した魔法と近接スキルの強引な同時発動を繰り返す。

身体《からだ》のなかを無茶苦茶な魔力が駆け巡り、戦場のすべての動きを正確に感知するような過集中が時間の流れさえ緩慢に感じさせる――そんなときだった。

ドグンッ――クロスのなかに、いつか感じたその異様な感覚が駆け巡ったのは。

「っ⁉　こ、れは――⁉」

自分のなかに芽生えた異質な魔力。

かつて、死の狭間で偶然手にした異形の力と同じ気配。

この世に存在しないはずのスキル――《イージスショット》が発現したあの瞬間を再演するように、クロスは自分のなかに生まれた〝異質〟に従った。

腕に装塡していた《トリプルウィンドランス》の魔力がショートソードに濁流のごとく流れ込む。普通なら絶対に注ぎ込まれるはずのない魔力の質にヴェアトロスがビリビリ震え、爆発寸前のようなエネルギーが剣全体に満ち満ちる。

「……っ！」

相容れない器に強大な魔法を無理矢理押し込んだがゆえの危うい気配。

気を抜けば暴発してしまいそうなその凶悪な剣を必死に制御し振りかぶる。

そしてクロスは脳裏に浮かんできた名前とともに──《中級剣戟《けんげき》強化》と《魔法装填》の組み合わせで生まれた異形の力を一気に解き放った。

「不在《エラー》スキル──《魔装纏撃《まそうてんげき》》！」

途端──ズオオオオオオッ！

剣そのものから放出された膨大な風の魔力が刀身を包み込む。

それはまるで、ジゼルが風と炎を操りクロスの剣に纏《まと》わせたときのような──いや、刀身から直接放出され凝縮された中級風魔法はジゼルがやってみせたそれとは比べものにならない破壊力とエネルギーを秘めていて。

圧縮された竜巻と一体化した凶剣を、クロスは全力で振り抜いた。

次の瞬間、

ドゴシャアアアアアアアアアアアアアアアアアアアアアアアアアアアアッ！

「「「ガアアアアアアアアアアアアッ!?」」」

大型ゾンビの絶叫が迸《ほとばし》る。

風が逆巻き森が揺れ、クロスの振り抜いた一撃が大型ゾンビ三体の体軀《たいく》をまとめて消し飛ばしたのだ。胴体の半分以上をえぐり取られた大型ゾンビたちは支えを失うように崩れ落ち、そのまま戦闘不能になる。

それはもはや中級剣戟《けんげき》の域を遥かに超えた破壊力。

装塡した魔法を武器に纏《まと》わせ叩き込む異形の剣戟。

《中級剣戟強化》と《魔法装塡》が組み合わさることで、それぞれのスキルをただ同時発動しただけでは決してたどり着けない威力が生み出されていた。

「な、なんだいまのスキルは……!?」

最上級職であるギオルグが愕然《がくぜん》と目を見開く。

馬鹿げた威力もさることながら、近接スキルと魔導師スキルがあわさったようなあり得ない特殊スキルの存在に開いた口が塞《ふさ》がらない。

しかしそんなギオルグよりも驚いていたのは――そのふざけたスキルを放った張本人だった。

「ほ、本当にできた!?　しかもこんな凄《すご》い威力……!?」

剣を振り抜いた姿勢のまま、クロスは目の前の光景に唖然《あぜん》とする。

師の言葉を信じて突き進んでいたのは間違いないのだが……さすがにこれだけのスキルが都合良く発現するなどにわかには信じられなかった。

まるで夢でも見ているような現実感のなさである。

だがクロスがなにより信じられないのは——リオーネだった。

この異常な威力のエラースキルが発現したのは完全にリオーネの提案のおかげ。

だがエラースキルは本来なら同時習得できない《職業《クラス》》スキルが組み合わさってできるもので、どのスキルをどう組み合わせて鍛錬すれば発現するかは完全に未知のはずなのだ。

それなのにリオーネの指導はまるでこうなることがあらかじめわかっていたかのようで——。

（勘とは言ってたけど一体どうすればこんな的確な指導ができるんだ……!?）

クロスは改めて唖然とする。

「「「グオオオオオオオオオオオッ！」」」

「……っ。リオーネさんのことは不思議だけど、いまはそんなことに気を取られてる場合じゃないか……！　《魔装纏撃》！」

はっと我に返ったクロスは襲いかかってくるゾンビたちに向き直る。

同じく我に返ったギオルグが守りに専念するなか、新しく獲得したエラースキルを全力で叩き込んでいった。

大型ゾンビは高い魔防を持つはずだが《魔装纏撃》は近接スキルの性質も併せ持つらしく、腐り果てた敵の巨体をなんなく抉《えぐ》り飛ばしていく。

通用する攻撃手段さえあれば、あとは一方的だった。

「――よし、これで眷属《けんぞく》は一掃できた！」

粉砕されたゾンビモンスターの軍勢を前にクロスが血と汗を拭いながら息を吐く。

だが戦いはそれで終わりではない。むしろここからが本番だ。

「なんだ？　我が眷属が全滅している……？　ちっ、やはりまだ《眷属生成》スキルは練度が足りんか。まあいい、下の羽虫はあとで私が直々に殺してやる」

そう言って地べた《こちら》の戦いなど歯牙にもかけない怪物をどうにかしなければどのみち全滅。

この国にも悲劇が起こり続けるのだ。

「《イージスショット》と《魔装纏撃》……この二つでどうにかあのリッチーを倒さないと！」

言ってクロスはさらに詠唱を重ねる。

《魔法装填》によって機動力向上の《風雅跳躍》を同時に複数ストックし、リオーネに助太刀する隙《すき》を探るべく全力で感知スキルを発動させた。

が、そのときだった。

開戦以降ずっと為す術《すべ》なく魔法攻撃を受け続けていたリオーネが——死者の王《リッチー》を前にギラリと目を光らせたのは。

「よーし、いいタイミングで勝ってくれたなクロス。こっちもちょうどわかってきたとこだし……これで遠慮なく終わらせられるぜ」

「はっ、なにがわかったというのだ？　貴様の寿命か？　それとも限界か？」

「てめぇの〝底〟だよ」

世界最強クラスの名をほしいままにするその冒険者が絶大な魔力を滾《たぎ》らせて。

それまで一方的にやられていたとは思えない眼光で目の前の怪物を射貫いた。

6

「さすがはあたしの弟子、期待以上に成長してくれるぜ。そんじゃこっちもバカの底は見えてきたことだし、様子見はやめてそろそろ決着《ケリ》つけるとするか」

「なにを世迷言《よまいごと》を。錯乱したか？」

あまりに突拍子もないリオーネの発言に、リッチーが呆れたような声を漏らした。

「何度も言わせるな。《再見殺し《リ・レジスト》》がある以上、貴様の攻撃は私に一切通用しない。決着をつけるというなら、それは貴様の命が尽きるときだ」

「ちげぇな」

リオーネは凶悪なまでの笑みを浮かべてリッチーの言葉を切って落とす。

「無駄に力を誇示しまくる劣等感《コンプレックス》まみれのてめぇが、こんだけ長くやりあってもあたしをじわじわいたぶるだけなんだ。万が一の魔力切れを警戒して早めに勝負を決めようとする素振りもねぇ。てめぇ、ご自慢の《再見殺し《ユニークスキル》》以外にもう大した隠し球もねぇんだろ？　だったら
──あたしの勝ちだ」

「ほざけ」

ハッタリとしか思えない大言壮語を吐くリオーネを見下すようにリッチーが魔力を凝縮。

《溶解する大海原》。火炎と土石の入り交じった頂点魔法《マグマ》がリオーネへ殺到する。

天災めいた魔法の濁流を、近接最強のS級冒険者はその身ひとつで捌《さば》いた。

「オラアアアアアアッ！」

とてつもない身体能力で空を蹴っては宙を駆け、蹴りと拳《こぶし》の風圧でマグマを相殺。

凄《すさ》まじい速度でリッチーに肉薄。大きく拳を振りあげた。

しかしそれは先ほどまでとまったく同じ展開の繰り返し。大口を叩いたにもかかわらずなんの捻《ひね》りもないリオーネの動きに、リッチーは呆れを通り越して哀れむように息を吐く。

「化物の代名詞である頂点職が、自慢のスキルを完封されればこんなものか。魔力の総量でリッチーに勝てるはずもなく、《再見殺し》の発動も止められない以上、同じ事を繰り返して勝てる道理などないというのに。底が見えたのは貴様のほうだったな」

もう飽きた、さっさと死ぬがいい。

リオーネの拳にあわせてリッチーが頂点魔法を発動させた――次の瞬間。

「最上級特殊《エクストラ》スキル――《牙王多重拳《がおうたじゅうけん》》!!」

「――っ!?　ぐおおおおおおおおおおおおおおおおおおおっ!?」

顔面に鉄拳を叩き込まれたリッチーの身体《からだ》が凄まじい速度で吹き飛んでいた。

周囲に衝撃波をまき散らし、岩山を幾つも砕いて岩壁に激突。

数十発の打撃を同時に叩き込まれボコボコになった顔面から黒い血反吐《ちへど》をぶちまける。

「な、んだ……!?　《再見殺し》が発動していない!?　私が食らったことのない系統の近接スキルか!?」

何年ぶりかもわからない激痛に悶《もだ》えながら、なんとかその身を岩壁から引き起こす。

「まさかそんなスキルが存在するとは、S級冒険者の称号は伊達《だて》ではないか……!　だが!」

リッチーが岩壁から飛び上がった。身体はじわじわと再生しており、崩壊した顔面もすぐに輪郭を取り戻す。魔力を練り上げさらに再生速度をあげたリッチーは勝ち誇ったように声を張った。

「残念だったな！　一撃で仕留められなかったのが貴様の限界だ！　その強力なスキルも二度目はもう効かん！　唯一の頼みの綱も不発に終わり絶望する貴様をいまから徹底的になぶり殺してや――」

「最上級特殊スキル――」

「は……？」

叫ぶリッチーの眼前にはすでにリオーネの姿があった。

そしてその両腕に再び未知の魔力が宿る！

「《双撃破轟掌《そうげきはごうしょう》》！」

「なっ!?　があああああああああああああああっ!?」

リッチーの悲鳴と凄《すさ》まじい魔力の奔流が再び空間を揺らした。

リオーネが両手で放った掌底。その浸透する衝撃がリッチーの背中で爆発し、着ていたローブはおろか遥か後方の雲がただの余波で霧散する。

リッチーの理解を超える異常な連続攻撃。

だがその連撃はまだほんの序章にすぎなかった。

「食らいやがれ。最上級特殊スキル――《雷槍貫手《ぬきて》》！　《龍王爪牙》！　《地割れ落とし》！」

「ぐおあああああああああああああああああああっ⁉」

一方的な展開だった。

リオーネの指先がリッチーの身体《からだ》を貫き、爪から放たれた斬撃《ざんげき》が切り刻み、異様な魔力のこもったかかと落としが脳天をかち割る。リッチーが悲鳴をあげて地面に叩きつけられればクレーターと地割れが発生し、衝撃で森の一部が更地と化した。

「な……⁉　え……ど、どうなって……⁉」

先ほどまでとは打って変わってボコボコにやられるリッチーに、リオーネを助けにいこうとしていたクロスが呆然《ぼうぜん》と立ち尽くす。

そんな少年の疑問に答えるように、リオーネが荒々しい笑みを浮かべた。

「なあクロス。お前さっき不思議そうにしてたよな。なんで《魔法装填》と《中級剣戟《けんげき》強化》で新しいエラースキルが発現するのがわかったんだろう、ってよ」

「え」

激闘の最中でもこちらをしっかり観察していたらしいリオーネにクロスが重ねて驚愕《きょうがく》する。

固まる愛弟子《まなでし》を見返しつつ、近接最強の師はその答えを口にした。

「それはな――未知のスキルなんざ自分で散々開拓してきたからだ！」

「があああああああああああああああっ⁉」

地面に叩きつけられていたリッチーを天高く蹴り上げリオーネが続ける。

「いま広く知られてるスキルも、かつてはこの世に存在しなかった未知のスキルだ。いいかクロス、頂を進む冒険者にとって、スキルの開拓はやって当然！　誰も辿《たど》り着いたことのねぇ高みに行けば行くほど、スキルは自分で磨き、見つけるしかねぇからだ！」

赤い髪を揺らめかせ、その拳《こぶし》に再び膨大な魔力が宿る。

「お前のエラースキルは色々と勝手が違うけどな、まあある程度は勘でいける。なにせいままで、こんだけのスキルを開拓してきたんだからなぁ!!」

ドガガガガガガガガガガガガガガ!!

空高く舞い上がったリッチーへ、再び強烈な連撃が見舞われた。

そしてその攻撃はやはり《再見殺し》で無効化されることなくリッチーを叩きのめす。

「……っ!?」

頭上で展開される理解不能な光景とリオーネの言葉を、クロスは大混乱に陥りながら少しずつ咀嚼《そしゃく》した。

つまりいまリッチーに放たれている攻撃はすべてリオーネが自分で発明したスキルで。

最上級職を含むサマンサ王国の精鋭近接職数千人が、誰もリッチーに食らわせることができなかった系統のオリジナル近接スキルなのだ。

それはリオーネしか辿り着いたことのない頂の景色。

だからこそ、先ほどから一度たりとも《再見殺し》が発動しない!?

「そんな……そんなバカなことがあるかあああああああああああああああ！」

「っ！」

リオーネに殴られ続けていたリッチーが、凄《すさ》まじいまでの魔力をまき散らして絶叫した。

ほとんど原型の残っていない身体《からだ》から怒りと困惑に染まった金切り声が迸《ほとばし》る。

「ありえん、ありえていいはずがない！　こんなにも大量のオリジナルスキルを！　禁術も使っていないような人族が開拓できるわけがない！　ましてそのような若さで！　いくら近接最強の龍神族《ドラゴニア》とはいえ、そんな無法が許されるはずが――いや、そうか、そういうことか！」

ひどい混乱に陥っていたリッチーが、黒い血反吐《ちへど》をまき散らしながらイカれたように声を張る。

「貴様もなにか禁術に手を出したのだろう!?　龍神族やハイエルフ、最上位吸血族《ノーライフキング》といった最強種の限界をも超える秘技に！　そうに違いない！　なるほどわかったぞ、S級冒険者というのはつまりそういう連中なのだ！　複数の禁術に手を出した者の集まりだ！　でなければこんなはずが……いくら龍神族とはいえ貴様のような小娘に負けるなど……よこせ、私にもその秘術をよこせええええええええええええええええええええええええ！」

右手に煉獄《れんごく》の炎を、左手に巨大な石の槍《やり》を構えてリッチーがリオーネに飛びかかる。

「バカが……！」

そしてそんな怪物を前に、硬く握られたリオーネの拳《こぶし》が極限の魔力を滾《たぎ》らせた。

「そんなだからてめぇは、他人を食らってこの程度なんだ三下があああああ！」

頂点特殊《エクストラ》スキル――《魔衝爆散》!!

「ガッ!?　アアアアアアアアアアアアアアアアアアアアアアアアッ!?」

腹部に炸裂《さくれつ》する鉄拳。吹き飛ぶリッチー。

だがその極限スキルの効果はただ超威力で殴り飛ばすだけに留まらない。

インパクトの瞬間、リッチーの腹に叩き込まれた災害級の衝撃と魔力が体内を駆け巡り――


ドッボオオオオオオオオオオオオン！

破壊的なエネルギーの奔流が、死者の王を内側から爆散させた。

もはやリッチーの再生能力などでは追いつかない完全なるトドメの一撃。

完膚なきまでに爆発四散した身体《からだ》が魔力を失い、さらに細かく崩壊していく。

そんななか、

「な、ぜ……わた、しは……最強の力を手にした……はずなのに……」

空に微《かす》かに響く声。

リオーネは空に溶けていく骸骨の残骸を見下ろして、

「不老の身体《からだ》で半永久的にスキルを磨き、相性のいい魂を食らって効率良く力を増し続けられるリッチー化の禁術か。はっ、なるほどつえーよ、反則だ。ユニークスキルもいいのが出やがる。だが――その〝邪道〟であたしに勝つには五百年早かったな」

正道を極めし最強の一角。

堕ちた怪物を真正面から打ち破った女傑は自らの力を証明するように、荒々しく獰猛《どうもう》な笑みを浮かべた。

7

「ちっ、久々にいい修行になるかと思ったんだが……新しい特殊スキルのひとつも閃《ひらめ》かなかったな。まあ結局は武器もユニークスキルも使う必要ねぇ程度の相手だったし、しゃーねーか」

戦いが終結したあと。

地面に降り立ったリオーネはぼそりと呟《つぶや》いていた。

久々の強敵を相手に暴れ回ってある程度満足はしていたものの、やはりどこか不完全燃焼な部分があり、少しばかり燻《くすぶ》っていたのだ。

「……ま、別に構いやしねえか。あたしよりもクロスが大成長してくれたほうがよっぽど重要だしな」

クロスが発現した《魔装纏撃》を思い出し上機嫌な笑みを浮かべる。

リッチーが少しばかり拍子抜けだったのはやはり少し不満だが、クロスがあの凄《すさ》まじいエラースキルを発現してくれたことを思えば収穫としては十分すぎるだろう。

威力は言わずもがな、《イージスショット》に比べて使い勝手もかなりいい。

応用性や拡張性も高そうで、いまから指導するのが楽しみだった。

と、リオーネが将来の恋人候補の成長に笑みを浮かべていたところ、

「リオーネさーん!!」

地面に降り立ったリオーネのもとへ、急成長を果たしたクロスが駆け寄ってきた。

元気な愛弟子《まなでし》の姿を見たリオーネは「おお、よく頑張ったなクロス！」と改めて盛大に褒《ほ》めようとしたのだが——がしっ！

「うぇ?」

突如、クロスに手を摑《つか》まれてリオーネの口から変な声が漏れた。

だがクロスはそんな様子には気づかず、リオーネの手をぎゅっと握ったまま興奮したようにまくし立てる。

「凄《すご》い！　凄いですよリオーネさん！　いや前から凄い人だとは思ってましたけど、あんな戦い！　リオーネさんのこと助けに行こうとしてたんですけど、そんな必要全然なくて！　あの反則みたいなユニークスキルをまさか真正面から破っちゃうなんて！」

「お!?　ちょっ、ク、クロス!?」

リオーネはつい先ほど圧倒的な戦闘力でリッチーを打ち破ったとは思えないほど狼狽《ろうばい》し顔を赤くするが、クロスは一向に止まらない。なんなら興奮のあまりリオーネの手を握っているのも無自覚なようで、瞳《ひとみ》をキラキラさせながらリオーネを称《たた》えまくる。

さらには純度百％の輝くような笑顔を浮かべ、

「本当に凄《すご》い……やっぱり僕、改めてリオーネさんの弟子になれてよかったです！」

「……っ！」

叩きつけられるひたすら純粋な好意。情熱的な親愛表明《ラブコール》。

留まるところを知らない愛弟子《まなでし》の連続攻撃にいよいよリオーネが硬直する。

まったくもって想定外かつ真っ直ぐな好意の発露はあまりにも鮮烈で、先ほどまで少しだけ燻《くすぶ》っていた不完全燃焼感はすっかり消え去ってしまっていた。

（〜〜〜！　ぐっ!?　な、なんだこれ、さっきまでのちょっとした不満が全部どっかに……あのクソリッチー、ゴミのくせに思った以上に役に立つじゃねえか……！）

と、リオーネが顔の熱で倒れそうになりながらも握られた手に全神経を集中させていたところ、

「勝ったのか……本当に……!?」

「やった……これで……これで遂に解放される……！」

「もう生贄《いけにえ》なんざ集めなくていいし見せしめに怯《おび》えないで済む！」

リッチーの呪詛《じゅそ》にやられていた重装騎士たちが起き上がり、時間差で現実を認識したように震える声をこぼしていた。

ただ全員呪詛の影響はまだ色濃いようで、ふらつく騎士たちに気づいたクロスがぱっとリオーネから手を放す。

「あ、まだ喜んでばかりじゃいられませんね。呪詛は解けたみたいですけど、体力の消耗は激しそうですし。早く街まで送ってあげないと……」

「あ……。お、おう、そうだな……ちっ、呪詛食らったならもうちょっと寝てりゃいいものを……」

騎士団に向き直るクロスの手を名残惜しそうに見て、リオーネが冒険者としてはちょっとアレな言葉をこぼす。

しかしそんなリオーネには誰も気づかず、騎士団の代表であるギオルグがふらつく身体《からだ》で頭を下げた。

「本当に……本当になにからなにまで……！　部下たちを首都まで送ってもらった際には国を挙げて歓待いたします。謝礼も私から王に交渉していくらでも……！　我が国に巣くう厄災を討伐していただいて本当にありがとうございました……！」

「ん？　あー、いいっていいって。式典とかそういうのかったりーし国も疲弊しててそれどころじゃねーだろ。とりあえず報酬はクロスからこれ以上ねえもんもらえちまったし……適正な報酬だのなんだのの面倒ごとはギルドでも通して――」

生贄《いけにえ》になるはずだった娘とともに誠心誠意頭を下げるギオルグに、リオーネが頰《ほお》の紅潮も覚めやらぬまま言葉を返す。

――と、一件落着の雰囲気が流れていたそのとき。


ドゴオオオオオオオオオオオオオオ！


「「「っ⁉」」」

突如、周囲に轟音《ごうおん》が響き渡った。

見れば森の奥から真っ黒な液体が吹き出し、木々を死滅させながら津波のような勢いで押し寄せてくる。その邪悪な、そして覚えのある魔力の質にクロスが目を見開く。

「なっ⁉　リッチーの気配⁉　まさかまだ生きて――⁉」

「いやちげえ！」

リオーネが眼光鋭くクロスの推測を否定する。そして吐き捨てるように、

「あんのゴミクズ、自分がやられたときのために報復の呪詛《じゅそ》まで仕込んでやがったな！」

リオーネが見据える先では、黒い液体がさらに勢いを増していた。

森を飲み込み濁流のごとき勢いで突き進む呪いの災害にギオルグが叫ぶ。

「な……!?　あの勢い、私たちは避難できてもこのままでは恐らく首都にまで被害が！」

「ちっ！　おいクロス、最上級職のおっさんどもと一緒に避難しとけ！」

「リオーネさんは!?」

「あたしは呪詛を全部ぶっ飛ばす！　周囲に飛び散りまくって汚染されちまうが、いまはほかに手がねぇ！」

言って、リオーネが全身に魔力を漲《みなぎ》らせた。

直後、

「頂点氷結魔法《アブソリュートゼロ・ディザスター》！」


森を飲み込むような呪詛の濁流が、一瞬にして凍り付き動きを止めた。

え!?　とその場にいた全員が目を剝《む》くなか、続けて声が響く。

「あ〜。面倒くさ〜。これ毒じゃなくて呪詛だよ〜。このまま溶けたり砕けたりしたら危ないから、魔力を吸って無害化しなきゃ〜。吸い過ぎちゃった魔力は……まあその辺の森でも適当に再生させて放出すればいっか〜」

その言葉通りにどんどん呪詛の色が薄くなり、広大な回復魔法によって森が癒やされていく。

規格外のスキルで呪詛の濁流を止めた二人の姿にクロスが目を見開いた。

「リュドミラさん!?　テロメアさんまで!?」

ばっ！　少年の姿を目視した二人が異常な出力の風魔法で瞬時に突っ込んでくる。

「無事かクロス！」

「リオーネちゃんに変なことされなかった～!?」

「え、ちょっ、お二人ともどうしたんですか!?　僕はリオーネさんとずっと一緒にいたので全然大丈夫で、あわわわわっ!?」

抱きつくような勢いで詰め寄ってくる絶世の美女師匠二人に、クロスが顔を真っ赤にして狼狽《うろた》える。そんな様子にリオーネは「ちっ、もう追いつきやがったか……」と漏らしつつ、

「まあ助かったぜ。ちょっと面倒なヤツとやりあっててな。あたし一人じゃ辺り一帯が呪詛《じゅそ》でめちゃくちゃになるとこだああああああああああああああああああああ!?」

「え、ちょ、リオーネさああああああああああああん!?」

突如、リュドミラの強烈な土石魔法でぶっ飛ばされたリオーネにクロスが驚愕《きょうがく》の悲鳴をあげる。しかしそんなクロスの反応もお構いなしに、ドドドドドドドドドドドドド!!

土煙の向こうへ消えたリオーネに、リュドミラが無言で土石魔法をぶち込みまくる。

「な、なにやってるんですかリュドミラさん!?」とクロスが慌てて止めようとすれば、引き続き撃ちこまれまくる土石魔法を殴り飛ばしながらリオーネが土煙から飛び出してきた。

「なにしやがるリュドミラてめえ!?」

「いやなに、クロスを無断で連れ去るくらいだからな。泥棒猫の変装かと思い攻撃を仕掛けたまでだ。だからクロス、誤解しないでほしいがこれは私が暴力的というわけではないのだ」

「だったらもう撃つのやめろや！　あの泥棒猫はてめぇの魔法を殴り飛ばせるような《職業》《クラス》じゃねえだろ！」

「いや〜まだ怪しいよ〜。いろんな魔道具があるからリオーネちゃんの丈夫さも再現してるかもだし〜、念のために一回殺して正体を確かめないとダメだね〜」

「わかってやってんだろてめえら！」

と、キレたリオーネが本格的に反撃を開始。

リッチー戦以上の大騒ぎにギオルグたちが「な、あ、なにが……!?」といよいよ腰を抜かし、クロスもまたリオーネたちのガチ激突に驚き固まる。しかしすぐにはっと我に返り、

「ちょっ、皆さんやめてくださいリオーネさんはちゃんと本物なので！」

と誤解（?）によって突如勃発した師匠たちの頂上戦争を大慌てで止めに入るのだった。

エピローグ

少年の説得によってＳ級冒険者三人の頂上決戦がどうにか被害軽微で終結したあと。

諸々の信じがたい現実をどうにか受け止めたギオルグが「リッチーの報復呪詛《じゅそ》まで処理していただけるとはもはや言葉もない……！　是非お礼を……！」と再度申し出てくるのを丁寧に辞退し、クロスたちはバスクルビアに帰還していた。

リオーネが言ったようにサマンサ王国の疲弊は大きく、すでにかなりの被害を受けている国で歓待を受ける気にはなれなかったからだ。

とはいえなにもお礼を受け取らないのもよくないので、リッチー討伐については冒険者ギルドに適正な報酬を算出してもらうほか、国が落ち着いたあとに改めて顔を見せるということで話は落ち着いていた。

そうして街に戻ったクロスは新しく習得した《魔装纏撃》の検証や習熟を中心に、いつもの修行の日々に戻っていたのだが――帰還後は少しばかり慌ただしかった。

なにせ、もともと国家間での争いや事件の絶えない大陸東での出来事とはいえ、冒険者ギルドも設置されている国をお伽噺《とぎばなし》の怪物が秘密裏に牛耳っていたのだ。

事後処理や詳細な聞き取り調査のため、リオーネのもとには報告を受けたサリエラ学長が連日訪れていた。

「報告書～？　リッチー程度でんなもん提出すんのダルすぎるだろ。適当にそっちで処理しとけよ」

「リッチー程度とはなんだ程度とは！　放置しておけば伝説級の脅威である危険度《リスク》10に至る可能性すらある化物だぞ!?　魔王とは別に幾つもの国を滅ぼした記録もある正真正銘の災害級モンスターだ！　禁術の出所や成った時期特定のためにも詳細な報告書を出せ！　報酬も上乗せするから！」

サリエラは不良冒険者のあんまりな態度に怒鳴り散らす。

続けて大きな溜息《ためいき》を吐《つ》きながら、

「あとそれから、リッチーの根城から魔神崇拝者との繋《つな》がりを示す明確な物証も見つかった。そこから連中のでかい拠点のひとつも特定できたそうだ。貴様らでは過剰戦力だろうが、割のいい仕事を探していただろう。いちおう報告はしておくからな」

「……ふむ。確かに普通なら受けない低級の依頼だが……あのカルト教団のアジトならそれなりに性能のいい警備アイテムも拾えそうだな。よし、では経験を積ませるためにもクロスと二人で私が行こう」

「は～？　リュドミラちゃんは最近クロス君に特殊スキルの特訓でかかりきりだったし、次はわたしの番に決まってるよね～？」

「貴様はほんの数日前に風呂場へ侵入しようとした前科があるだろうが！」

「未遂だからやってないのと同じだよぉ。結局クロス君になにもできなかったからノーカンだよアレは～」

「おい、やっぱまずはこいつを先に潰《つぶ》そうぜ」

「は～？　思いっきり抜け駆けしたリオーネちゃんだけには言われたくないんですけどぉ？」

――と再び争いが起きかけはしたものの、最終的には火事場泥棒を目論んだS級冒険者の手で魔神崇拝者のアジトは一瞬で消滅。

それによって生じた追加報酬や**偶然拾った**警備アイテムを最後の一押しとして、お屋敷の警備網はS級冒険者たちも満足のレベルに仕上がるのだった。

「よーし、とりあえずこんだけ設備を整えりゃひとまず安全だろ」

「油断はできんがな。私たちの魔力で性能を百％以上発揮した最上級警備アイテムと共通感知スキルで、ひとまず世界最高レベルの盗賊対策は構築できたと言っていいだろう」

「これで夜もお風呂も安心だねぇクロス君～。あ、あと街中で泥棒猫に遭遇したときのために防犯ブザーも渡しとくねぇ。魔力を流せばすぐわたしたちに伝わるから～」

「……っ!?　は、はいっ……」

と、クロスは総額いくらになるかも知れない警備体制を説明され言葉を失い瞠目《どうもく》。

なんやかんやで短期間にとんでもない警備網を築くと同時、魔神崇拝者のアジトまでついでのように壊滅させた師匠ズに改めて目を丸くするのだった。

もちろん、そのS級冒険者たちの大暴れで魔神崇拝者が一掃できたわけではない。

彼らは長きにわたって暗躍し、アルメリア王国や勇者の一族と対立しているカルト組織。その根は深く、今回潰せたアジトもあくまで拠点のひとつとのことだった。

だが今回のリオーネのリッチー討伐をきっかけに大きな打撃を与えられたのは確かなようで、

「やっぱり師匠たちは凄《すご》いや……僕も師匠たちみたいにどんな脅威からだって人を守れるように頑張らないと……！」

自分にここまでしてくれる師匠たちに応え、いつかしっかり恩を返せるように。

魔神崇拝者らとも戦い続けている勇者の末裔《まつえい》エリシアの力にだって、いつかなれるように。

目に焼き付けた頂点の戦いに触発されるように、クロスは大好きな師匠たちのもとでさらなる修行に励むのだった。


――それから一月と経たず。

魔神崇拝者という脅威に、憧《あこが》れの存在であるエリシアと二人だけで立ち向かうことになるなど、いまはまだ夢にも思わないまま。

クロス・アラカルト　直近一か月のスキル成長履歴

《中級剣戟《けんげき》強化Ｌｖ12（2Ｌｖ上昇）》
《中級クロスカウンターＬｖ11（1Ｌｖ上昇）》
《トリプルウィンドランスＬｖ13（3Ｌｖ上昇）》
《中級気配遮断Ｌｖ7（2Ｌｖ上昇）》
《基礎研磨Ｌｖ1→2》（1Ｌｖ上昇）
《遅延魔法Ｌｖ9→遅延魔法ⅡＬｖ3（中級スキル昇格　3Ｌｖ上昇）》
《緊急回避ⅡＬｖ18（1Ｌｖ上昇）》
《風雅跳躍Ｌｖ8（1Ｌｖ上昇）》
《中級体外魔力感知Ｌｖ19（5Ｌｖ上昇）》
《中級気配感知Ｌｖ19（5Ｌｖ上昇）》
《イージスショットＬｖ6（1Ｌｖ上昇）》

新規発現スキル
《暗脚ⅡＬｖ3》（中級スキル昇格）
《中級挙動感知Ｌｖ6》（中級スキル昇格）
《気力吸収Ｌｖ2》
《心魂悟知Ｌｖ2》
《魔法装填Ｌｖ5》

《魔装纏撃Lv1》

＊

冒険者の聖地バスクルビアを擁する大陸最大国家、アルメリア王国。

その首都に鎮座する王城内で、一人の男が溜息《ためいき》を吐《つ》いていた。

「なんで私があの方への連絡係に……いや心底尊敬はしているが、単純に怖いんだよなぁ」

王族の護衛を務めることもある最上級剣士だ。

冒険者の聖地バスクルビアから届いた報告書を脇に抱え、いつものように深呼吸。

それから緊張の面持ちで、眼前の荘厳な扉を叩いた。

「入れ」

低く響く声に軽くビクつきつつ中に入れば……執務室に座っていたのは〝厳格〟を絵に描いたようなヒューマンだった。研ぎ澄まされた刃が人の形をとったかにも見える壮年の男である。

頂点職に至ったその男のあまりに鋭い双眸《そうぼう》にビビり散らしながら、報告係は口を開いた。

「ええ、ではエリシア・ラファガリオン殿のここしばらくのご様子ですが……怪盗セラスの予告状に便乗した魔神崇拝者の襲撃も無事に切り抜け怪我《けが》一つ負わず――」

「雑多な情報は必要ない」

男が低い声で報告を切り捨てる。

報告係がその威圧感に「うっ」と言葉に詰まるなか、男はさらに目つきを鋭くして続けた。

「エリシア《アレ》の〝修行の仕上げ〟はどうなっている」

「え、ええと、それに関しては覚醒《かくせい》の兆しもないようで。これといって特には……」

「……そうか」

報告係の言葉を聞いて、男は嘆息混じりの声を漏らす。

「まあいい。〝勇者〟がバスクルビアに滞在するはじめの数か月は面倒な式典や行事がついて回るものだ。それもそろそろ一段落つく。修行の仕上げはここからが本番だ」

そして男は顔に刻まれた皺を深めるようにして、

「勇者の一族に代々伝わるユニークスキル。魔神を確実に滅するためにも、その覚醒は絶対の責務だ。私と同じように、アレにも早く覚醒してもらわねば」

だがこればかりは厳しい修行を課してどうにかなるものではない。

補給なしで半月ダンジョンに閉じ込めようが、危険地帯で回復を禁じ延々と戦わせようが、無限の回復とともに格上との戦闘を強制しようが、関係ないのだ。

勇者のユニークスキルを最大Lvにまで押し上げるにはある特別な条件が必要であり、それは指導や教育で解決できるものでは決してなかった。下手な助言はむしろ逆効果ですらある。

ゆえに、男は極めて真面目に呟《つぶや》いた。

「……アレが強い男との恋にでも落ちてくれれば話は早いのだがな」

「は……？」

報告係は目の前の男に決して似合わない軽薄な言葉に一瞬耳を疑う。

だが当の本人──勇者一族の現当主にしてエリシアの父であるガルグレイド・ラファガリオンは報告係の反応など歯牙にもかけず、

「これからの指針をそれとなく示す必要もある……少しアレの様子でも見に行ってみるか」

鋭い双眸《そうぼう》をバスクルビアの方角へと向けて、厳格な表情のまま小さくこぼすのだった。

あとがき

皆様お久しぶりです、赤城《あかぎ》です。

……と言いつつ、今回は比較的早く続きをお届けできたのではないでしょうか。

前回のあとがきで書いたように体調がヤバいことになっていたのですが、周辺環境を整えることでどうにか仕事ができるようになり、あまりお待たせすることなく5巻出版に漕ぎつけました。

とはいえ僕の病気はかなり特殊なアレルギー疾患のようなもので、線香の煙や殺虫剤、果ては無害なはずの掃除用品の匂い（正確には揮発物質）を吸うことで認知症めいた症状が出るという嘘《うそ》みたいな病気。食物アレルギーと違って目に見えず避けることも難しいものが原因なので、完璧な対策というのがとりづらい。極端な話、近所の人が悪気なく殺虫剤を撒《ま》いたらそれだけで命の危険があったりするので、どうにも油断できない状態だったりします。いまのうちに可能な限り仕事を進めておきたいですね……っ！

とまあそんなこんなで無事出版できた5巻、いかがだったでしょうか。

個人的にはようやくタイトルの「修羅場」要素ががっつり描けて楽しかったです。

新キャラであるセラスさんがかなり場を引っかき回してくれるおかげでそれぞれのキャラク

ターがゴリゴリ動いてくれました。
ちなみにこのセラスさん、カバー袖コメントにもあるように企画書の段階で存在が確定していたお方。体調不良で刊行が遅れてしまった影響もあり登場まで3年もかかってしまいましたが、思った以上に暴れてくれました。表紙のお姫様抱っこも構想当時からイメージしてたので、本当にようやくお見せできたという感じですね。４巻のクロス君はヒーローでしたが、今回はセラスさんの存在もあって完全にヒロインでした　笑
また大暴れといえばリオーネさんも今回はがっつり活躍してくれました。やはり最強存在のド派手バトルは読んでても書いてても楽しいですね。この強さで「自分と同格の恋人ほしい」は改めて高望みがすぎる……。

さて、そんなこんなで謝辞です。

今回も出版に携わってくださった皆様、本当にありがとうございました。

そしてイラストを手がけてくださったタジマ粒子《りゅうし》先生、今回も素晴らしいイラストをありがとうございます！　特に例の強敵と口絵はバチクソかっこよくて思わず「おおっ」と声が出ました。４巻のときも思いましたが、エロかわいい女性陣だけでなく敵キャラデザインもめちゃくちゃ素敵。僕のふんわりしたイメージからは絶対に出てこないビジュアルで、イラストいただいたあとに行った原稿修正ではド派手バトルがよりワクワクする映像で脳内再生できました。

早くこいつらが漫画版で暴れてる姿も見たい……っ！

と、その最強女師匠コミカライズ版ですが、皆様チェックしていただいたでしょうか？

前巻でも書きましたがこれがまた凄《すさ》まじい高クオリティで、原作の僕もネームチェックの段階でほぼ一読者として楽しんでしまっている始末。原作組も間違いなく楽しめるクオリティなので、是非是非読んでみてください。原作の魅力を500％引き出していただけて本当に感謝です！

さてそれでは次巻もあまりお待たせせずに出せることを祈りつつ……恐らくはエリシア回になるだろう6巻でまたお会いしましょう。

下ネタという概念が存在しない退屈な世界

著／赤城大空《あかぎひろたか》

イラスト／霜月《しもつき》えいと
定価：本体 590 円＋税

「公序良俗健全育成法」の成立により、人々から性的な言葉が喪われた時代。国内有数の風紀優良高校に入学した主人公・奥間は、反社会的組織「SOX」の創設者・綾女に誘われ、下ネタテロに協力することになる……！

GAGAGAGAGAGAGAGAGAGAGAG

二度めの夏、二度と会えない君

著／赤城《あかぎ》大空《ひろたか》

イラスト／ぶーた
定価：本体611円＋税

君の死に際に告げてしまった、言ってはいけない気持ち。
それは、取り返しのつかない罪だった。二度めの夏。タイムリープ。
ひと夏がくれた、この奇跡のなかで、俺は自分に嘘をつこう。──君が、好きだから

AGAGAGAGAGAGAGAGAGA

出会ってひと突きで絶頂除霊！

著／赤城大空《あかぎひろたか》

イラスト／魔太郎《またろう》

定価：本体 593 円＋税

われた両腕、呪われた両眼。その二つの所有者が出会うとき除霊の姿は形を変える。

……だがその方法は犠牲を伴うものだった。怪奇現象にはエロがきく!?

「下セカ」「ニドナツ」の著者がおくる、新シリーズ！

ガガガ文庫8月刊

彼とカノジョの事業戦略《ビジネスプラン》2 ～詐欺師は、"嘘"をつかない。～

著／初鹿野《はじかの》 創《そう》

イラスト／夏《なつ》ハル

選抜試験を無事突破した成と伊那。強者たちとの戦いを前に、緊張を隠せない二人。そこに現れたダークホース、第6位・唯村阿久麻。そして現経済界の帝王、第1位・九十九弥彦。〈世界権競争〉本戦が今、幕を開ける。

ISBN978-4-09-453143-5（ガは8-8）　定価858円（税込）

獄門撫子此処ニ在リ

著／伏見七尾《ふしみななお》

イラスト／おしおしお

古都・京都。夜闇にひしめく怪異をも戦慄せしめる『獄門家』の娘、獄門撫子。化物を喰らうさだめの少女は、みずからを怖れぬ不可思議な女と出逢い――化物とヒトとの間に揺らぐ、うつくしくもおそろしき、少女鬼譚。

ISBN978-4-09-453142-8（ガふ6-1）　定価891円（税込）

さようなら、私たちに優しくなかった、すべての人々

著／中西《なかにし》 鼎《かなえ》

イラスト／しおん

姉を死へ追いやった者たちに復讐するため冥はこの町へ戻ってきた。封印された祭儀「オカカシツツミ」によって超常の力を得た彼女は、いじめられっ子の少年・栞とともに、七人の標的をひとりずつ殺していく。

ISBN978-4-09-453144-2（ガな11-3）　定価935円（税込）

ドスケベ催眠術師の子

著／桂嶋《けいしま》エイダ

イラスト／浜弓場《はまゆば》 双《そう》

「私は片桐真友。二代目ドスケベ催眠術師。いえい」　転校初日に"狂乱全裸祭"を引き起こした彼女の目的は、初代の子であるサジの協力をとりつけることで――？　衝撃のドスケベ催眠×青春コメディ!!

ISBN978-4-09-453145-9（ガけ1-1）　定価836円（税込）

バスタブで暮らす

著／四季大雅《しきたいが》

イラスト／柳《やなぎ》すえ

磯原めだかは人とはちょっと違う感性を持つ女の子。就職に失敗し実家へとんぼ返りしためだかは、逃げ込むように、心落ち着くバスタブのなかで暮らし始めることに……。笑って泣ける、新しい家族の物語。

ISBN978-4-09-453146-6（ガし7-2）　定価814円（税込）

僕を成り上がらせようとする最強女師匠たちが育成方針を巡って修羅場5

著／赤城大空《あかぎひろたか》

イラスト／タジマ粒子《りゅうし》

大怪盗セラスから学長宛に届いた予告状。アルメリアの至宝を頂くとあるが――狙いはまさかのクロス!?
女師匠たちもブチギレる、クロス争奪戦が幕を開ける――！

ISBN978-4-09-453147-3（ガあ11-30）　定価814円（税込）

GAGAGA
ガガガ文庫

僕を成り上がらせようとする最強女師匠たちが育成方針を巡って修羅場5

赤城大空

発行　2023年8月23日　初版第1刷発行

発行人　鳥光 裕

編集人　星野博規

編集　岩浅健太郎

発行所　株式会社小学館
〒101-8001 東京都千代田区一ツ橋2-3-1
[編集]03-3230-9343　[販売]03-5281-3556

カバー印刷　株式会社美松堂

印刷・製本　図書印刷株式会社

Printed in Japan　ISBN978-4-09-453147-3

第18回小学館ライトノベル大賞
応募要項!!!!!!!!!!!!!!!!!!!!!!!!!!!!

ゲスト審査員は宇佐義大氏!!!!!!!!!!!!
（プロデューサー、株式会社グッドスマイルカンパニー 取締役、株式会社トリガー 代表取締役副社長）

大賞：200万円＆デビュー確約
ガガガ賞：100万円＆デビュー確約
優秀賞：50万円＆デビュー確約
審査員特別賞：50万円＆デビュー確約
スーパーヒーローコミックス原作賞：30万円＆コミック化確約
（てれびくん編集部主催）

第一次審査通過者全員に、評価シート＆寸評をお送りします

内容 ビジュアルが付くことを意識した、エンターテインメント小説であること。ファンタジー、ミステリー、恋愛、ＳＦなどジャンルは不問。商業的に未発表作品であること。
（同人誌や営利目的でない個人のWEB上での作品掲載は可。その場合は同人誌名またはサイト名を明記のこと）

選考 ガガガ文庫編集部＋ゲスト審査員 宇佐義大
（スーパーヒーローコミックス原作賞はてれびくん編集部による選考）

資格 プロ・アマ・年齢不問

原稿枚数 ワープロ原稿の規定書式【１枚に42字×34行、縦書き】で、70〜150枚。

締め切り 2023年９月末日（当日消印有効）※Web投稿は日付変更までにアップロード完了。

発表 2024年３月刊『ガ報』、及びガガガ文庫公式WEBサイト GAGAGA WIREにて

紙での応募 次の３点を番号順に重ね合わせ、右上をクリップ等（※紐は不可）で綴じて送ってください。※手書き原稿での応募は不可。
①作品タイトル、原稿枚数、郵便番号、住所、氏名（本名、ペンネーム使用の場合はペンネームも併記）、年齢、略歴、電話番号の順に明記した紙
②800字以内であらすじ
③応募作品（必ずページ順に番号をふること）

応募先 〒101-8001 東京都千代田区一ツ橋 2-3-1
小学館　第四コミック局　ライトノベル大賞係

Webでの応募 ガガガ文庫公式WEBサイト GAGAGA WIREの小学館ライトノベル大賞ページから専用の作品投稿フォームにアクセス、必要情報を入力の上、ご応募ください。
※データ形式は、テキスト（txt）、ワード（doc、docx）のみとなります。
※Webと郵送で同一作品の応募はしないようにしてください。
※同一回の応募において、改稿版を含め同じ作品は一度しか投稿できません。よく推敲の上、アップロードください。

注意 ○応募作品は返却致しません。○選考に関するお問い合わせには応じられません。○二重投稿作品はいっさい受け付けません。○受賞作品の出版権及び映像化、コミック化、ゲーム化などの二次使用権はすべて小学館に帰属します。別途、規定の印税をお支払いいたします。○応募された方の個人情報は、本大賞以外の目的に利用することはありません。○事故防止の観点から、追跡サービス等が可能な配送方法を利用されることをおすすめします。○作品を複数応募する場合は、一作品ごとに別々の封筒に入れてご応募ください。